七月に流れる花

恩田陸

MYSTERY LAND
講談社

mystery Land

the flowing flowers in july

by riku onda

illustrations by komako sakai

published by kodansha Ltd.
12-21, otowa 2-chome, bunkyo-ku, tokyo 112-8001, japan

isbn978-4-06-220344-9 c0093
printed in japan by seikosha printing co., Ltd.

m-029

the flowing flowers in july

onda riku

七月に流《なが》れる花

序詞

なつかしいという気持《きも》ちは
恐《おそ》ろしいという気持《きも》ちに似《に》ている
静《しず》かな夕暮《ゆうぐ》れにあなたが一人家路《ひとりいえじ》を急《いそ》ぐとき
あなたは何《なに》か大事《だいじ》なことを忘《わす》れているような気がする
足を止《と》め振《ふ》り向《む》いたあなたは
遠《とお》い雲《くも》とそこから射《さ》し込《こ》む光《ひかり》におびえる
大事《だいじ》なことはいつも思《おも》い出《だ》せない
あなたは黄昏《たそがれ》の中でただ一人立《ひとりた》ち尽《つ》くすだけ

第一章　緑色《みどりいろ》の配達人《はいたつにん》

鏡《かがみ》。

和菓子屋《わがしや》さんの、大きな鏡《かがみ》が始《はじ》まりだった。

楕円形《だえんけい》をした、古《ふる》い木枠《きわく》のついた鏡《かがみ》。いつもきれいに磨《みが》かれていて、外《そと》の景色《けしき》が映《うつ》っている。薄暗《うすぐら》い店《みせ》のなかでは、まるでそこがぽっかりと開《あ》いた窓《まど》のよう。

店《みせ》の奥《おく》からお菓子《かし》をもってきてもらうのを待《ま》つあいだ、彼女《かのじょ》はいつも、その鏡《かがみ》のなかの、反転《はんてん》されたゆるやかな坂道《さかみち》を見ていた。

裏返《うらがえ》された景色《けしき》は、見慣《みな》れたもののようでいて、似《に》ても似《に》つかぬもののようにも見えた。

実《じつ》は、世界《せかい》にはそういうものがたくさんある。そういうものは、似《に》ているもののふりをして、全然違《ぜんぜんちが》うものだったり、とんでもないものなのに、なんともないような顔《かお》をしていたりする。

彼女《かのじょ》はまだそのことを知《し》らなかった。

この世《よ》は、見《み》た目通《めどお》りのものとは限《かぎ》らない。

あの鏡《かがみ》のなかに、不気味《ぶきみ》な緑色《みどりいろ》の影《かげ》を見た日から、彼女《かのじょ》の長《なが》く奇妙《きみょう》な夏《なつ》が始《はじ》まったのだ。

*

ミチルがその影《かげ》に気付《きづ》いたのは、一学期《がっき》の終業式《しゅうぎょうしき》が終《お》わって、どんより曇《くも》った昼下《ひるさ》がりのことだった。

彼女《かのじょ》は週《しゅう》に一度《いちど》、お母《かあ》さんがお茶《ちゃ》のお稽古《けいこ》に使《つか》うお菓子《かし》を受《う》け取《と》りに行《い》く。

ふだんはまっすぐ家《いえ》に帰《かえ》るのだけれど、その時《とき》だけ、家《いえ》から少《すこ》し離《はな》れた坂《さか》の途《と》中《ちゅう》にある和菓子屋《わがしや》さんに寄《よ》る。

この日、お稽古《けいこ》の日でもないのに、どうして和菓子屋《わがしや》さんに行《い》こうと思《おも》ったのか、あとから考《かんが》えてみたけれど自分《じぶん》でも分《わ》からない。なんとなく、せっかく早く学校が終《お》わって明日《あした》から夏休《なつやす》みなのに、まっすぐ家《いえ》に帰《かえ》るのがもったいないような気がしたからかもしれない。

あるいは、六月初《はじ》めというはんぱな季節《きせつ》に転校《てんこう》してきて、まだ親《した》しい友人《ゆうじん》をこしらえることができず(もちろん、クラスのなかではとっくに「仲好《なかよ》し」グループができあがっていて、ミチルが入る隙《すき》がなかったのだ)、誰《だれ》とも口をきかないままぽつんと家《いえ》に帰《かえ》るのが嫌《いや》だったからかもしれない。

なんでこんな変《へん》な時期《じき》に引《ひ》っ越《こ》したんだろう。

ミチルは、何度《なんど》も繰《く》り返《かえ》した愚痴《ぐち》を、もう一度《いちど》口のなかで噛《か》みしめる。

せめて、他《ほか》の子みたいに新学期《しんがっき》の頭《あたま》に入ってこられればよかったのに。親《した》しくなれそうな子は何人《なんにん》かいたし、ちらちらこっちを見ていたから向《む》こうもあたしに関心《かんしん》があるみたいなのに、互《たが》いに遠慮《えんりょ》しているうちに、あっというまに終業式《しゅうぎょうしき》。

友達作《ともだちづく》りは九月までおあずけ。夏休《なつやす》みはずっと一人《ひとり》きりで過《す》ごすことになりそうだった。九月になって、また一からやり直《なお》しだと思《おも》うと、ミチルは今《いま》から憂鬱《ゆううつ》になった。

雲《くも》は低《ひく》く、目《め》の前《まえ》の坂《さか》を上《のぼ》り切《き》ったら、手が届《とど》きそうだ。

風《かぜ》がないので、じっとりと肌《はだ》が汗《あせ》ばむ。

ばたばたと引《ひ》っ越《こ》してきたせいで、ろくに近所《きんじょ》を歩《ある》いてみたことがなかった。

坂道《さかみち》と石段《いしだん》と石垣《いしがき》の多《おお》いこの静《しず》かな町——夏流——かなし、という珍《めずら》しい名前《なまえ》のこの土地《とち》を、ゆっくり探検《たんけん》してみたいと思《おも》っていたのも、遠回《とおまわ》りして帰《かえ》る気になった理由《りゆう》かもしれない。

だが、最《もっと》も大きな理由《りゆう》は、まだここに来《き》てひと月半《つきはん》ということで、終業式《しゅうぎょうしき》なのにほとんど手ぶらだったからだろう。

通常《つうじょう》、終業式《しゅうぎょうしき》の日というのは、学校に置《お》きっぱなしにしていたものや、家《いえ》で洗《あら》わなければならないもの、先生から返《かえ》されてきたやたらとかさばる課題《かだい》など、両《りょう》手《て》が持《も》ち帰《かえ》るものでいっぱいになるものだ。

けれど、この日ミチルが持《も》ち帰《かえ》ったのは、美術《びじゅつ》の授業《じゅぎょう》で描《か》いた水彩画《すいさいが》が一枚《まい》きりだった。

ふと足を止《と》め、丸《まる》めて学生カバンに突《つ》っ込《こ》んでおいた絵《え》を取《と》り出《だ》して広《ひろ》げてみた。

それにしても、なんておかしな課題《かだい》だったことだろう。

ミチルは首《くび》をひねる。

夏《なつ》の人

先生は黒板《こくばん》に大きくそう書《か》いた。そして、にっこり笑《わら》って、「さあ、皆《みな》さん、夏《なつ》の人を描《か》きましょう。」と言《い》ったのだ。

ミチルはきょとんとした。

夏《なつ》の人。どういう意味《いみ》だろう。夏《なつ》を過《す》ごす人？　それとも、夏《なつ》に働《はたら》く人？

ミチルはおずおずと周《まわ》りの子に目をやったけれど、誰《だれ》も戸惑《とまど》っている様子《ようす》はない。むしろ、すぐさま絵筆《えふで》を手に取《と》り、先を争《あらそ》うように絵《え》を描《か》き始《はじ》めたのだ。

ミチルは途方《とほう》にくれた。

彼女以外《かのじょいがい》のみんなは、机《つくえ》の上にかがみこみ、自分《じぶん》の絵《え》に集中《しゅうちゅう》している。しゃっしゃっという筆《ふで》を走《はし》らせる音が、静《しず》かな教室《きょうしつ》に響《ひび》き渡《わた》っている。先生も、みんなが課題《かだい》に熱心《ねっしん》に取《と》り組《く》んでいるのを確認《かくにん》すると、満足《まんぞく》したように椅子《いす》に座《すわ》って本をめくり始《はじ》めた。

ミチルは、とにかく夏《なつ》らしき風景《ふうけい》と人を描《か》くことにした。

ひまわり畑《ばたけ》の中に、麦《むぎ》わら帽子《ぼうし》をかぶった子供《こども》がいるところ。間違《まちが》いではないだろう。ひまわりは夏《なつ》の花だし、麦《むぎ》わら帽子《ぼうし》だって夏《なつ》らしいもの。そう自分《じぶん》に言《い》い聞《き》かせ、ひたすら画面《がめん》を黄色《きいろ》に塗《ぬ》った。

しかし、ミチルは、しばらくしてふと顔《かお》を上げ、周囲《しゅうい》をなんとなく見回《みまわ》してぎょっとした。

みんな、同《おな》じ絵《え》を描《か》いていたからである。


緑色《みどりいろ》の人間《にんげん》。


それも、髪《かみ》が長《なが》くて、目がぎょろっとして、男だか女だか分《わ》からない人間《にんげん》だった。むろん、描《か》く人によってずいぶんタッチは違《ちが》ったけれど、共通《きょうつう》しているのは、全身緑色《ぜんしんみどりいろ》に塗《ぬ》り潰《つぶ》されていることだ。髪《かみ》も、顔《かお》も、手も足も緑《みどり》。誰《だれ》の絵《え》を見ても、鮮《あざ》やかな緑色《みどりいろ》。まるで、同《おな》じ人をみんなでスケッチしているみたいだ。

先生が回《まわ》ってきて、ミチルの絵《え》の前《まえ》で止《と》まった。

ミチルはぎくっとする。

あたしだけ、こんな黄色《きいろ》い絵《え》。どうしよう。叱《しか》られるんだろうか。

「ええと、君《きみ》は――。」

その声《こえ》は不思議《ふしぎ》そうだ。

「先生、大木《おおき》さんは、先週転校《せんしゅうてんこう》してきたんです。」

少《すこ》し離《はな》れたところから落《お》ち着《つ》いた、しかしよく通《とお》る声《こえ》が聞《き》こえてきて、ミチルも先生も思《おも》わずその声《こえ》の主《ぬし》を見た。

きりっとした黒《くろ》い目が、こちらを見ている。

佐藤蘇芳《さとうすおう》。

彼女《かのじょ》の名前《なまえ》は、最初《さいしょ》に覚《おぼ》えた。学級委員《がっきゅういいん》だったし、校内《こうない》を案内《あんない》してくれたのも彼女《かのじょ》だったからだ。

けれど、彼女《かのじょ》が案内《あんない》してくれなかったとしても、たぶんやはり最初《さいしょ》に彼女《かのじょ》の名《な》前《まえ》を覚《おぼ》えていただろう。

佐藤蘇芳《さとうすおう》は、クラスに一人《ひとり》か二人《ふたり》いる、何《なに》もしなくてもみんなの目を惹《ひ》きつけてしまうタイプの女の子だった。

物静《ものしず》かでどちらかといえば無口《むくち》なのに、彼女《かのじょ》が先生に当《あ》てられると、何《なに》を言《い》うのだろうと注目《ちゅうもく》してしまう。何《なに》か課題《かだい》を出されると、彼女《かのじょ》ならどうするだろうと一挙一動《いっきょいちどう》を見つめてしまう。そんな感《かん》じの女の子なのだ。

名前《なまえ》もなんだかすごい、とミチルは思《おも》った。

ありふれた名字に変《か》わった名前《なまえ》なのに、バランスが取《と》れてる。

ともかく、先生は「ああ、そうか。」と頷《うなず》くと、納得《なっとく》した様子《ようす》でミチルの脇《わき》を通《とお》り過《す》ぎてしまった。

ミチルは蘇芳《すおう》に感謝《かんしゃ》の意《い》を示《しめ》そうとしたが、彼女《かのじょ》はもう自分《じぶん》の絵《え》に視線《しせん》を戻《もど》してしまっていた。

ねえ、この人って誰《だれ》？　有名《ゆうめい》な人なの？

美術《びじゅつ》の時間《じかん》が終《お》わり、ミチルが隣《となり》の席《せき》の子に絵《え》の中を示《しめ》して尋《たず》ねると、彼女《かのじょ》は「みどりお――。」と言《い》い掛《か》けて、慌《あわ》てて言《い》い直《なお》した。

うん、この辺《あた》りの「夏《なつ》の人」なの。みんな知《し》ってる。

そう早口に言《い》うと、それ以上聞《いじょうき》かれることを恐《おそ》れるかのように、そそくさと席《せき》を立って美術室《びじゅつしつ》から出ていってしまった。

みどりお、のあとになんという言葉《ことば》が続《つづ》くのか分《わ》からなかったし、「夏《なつ》の人」とはなんなのかさっぱり分《わ》からなかったが、そんなふうにしてこの絵《え》は出来上《できあ》がり、今手元《いまてもと》に返《かえ》されてきたというわけなのだ。

ミチルは再《ふたた》び絵《え》を丸《まる》め、学生カバンの中に突《つ》っ込《こ》んだ。

ゆるやかな狭《せま》い坂《さか》は古《ふる》い石畳《いしだたみ》に覆《おお》われていて、少《すこ》しだけカーブしている。そのカーブのところに和菓子屋《わがしや》さんが見えてきた。

ミチルはひょいと中を覗《のぞ》き込《こ》んだ。

豆大福《まめだいふく》や草餅《くさもち》の並《なら》んだガラスケースの向《む》こうは無人《むじん》で、店《みせ》の中にはひとけがない。もしかすると、奥《おく》でお昼《ひる》ご飯《はん》を食《た》べているのかもしれない。

「水ようかん」と毛筆《もうひつ》で書《か》かれた半紙《はんし》が、いつもながらぴかぴかに磨《みが》き込《こ》まれた入口の引《ひ》き戸《ど》に貼《は》ってある。

つい習慣《しゅうかん》で、楕円形《だえんけい》の大きな鏡《かがみ》の前《まえ》に立ってしまう。

外《そと》の景色《けしき》が映《うつ》っているのはいつものことだが、今日《きょう》は店《みせ》の外《そと》から中の鏡《かがみ》を覗《のぞ》いているので、いつもと立《た》ち位置《いち》が少《すこ》しだけずれていた。そのせいか、坂《さか》の景色《けしき》も、少《すこ》しだけ奥《おく》のほうが視界《しかい》に入ってくる。

その時《とき》、その影《かげ》に気付《きづ》いたのだ。

最初《さいしょ》、ミチルは、それを生《い》け垣《がき》から伸《の》びてはみ出している木かと思《おも》った。

なにしろ、その影《かげ》は濃《こ》い緑色《みどりいろ》をしていて、じっと動《うご》かなかったからだ。

その影《かげ》は、赤いよだれかけを掛《か》けたお地蔵《じぞう》さんの入っている小屋《こや》の向《む》こうにいるようだった。

ミチルはしげしげと鏡《かがみ》の中を覗《のぞ》き込《こ》み、それが何《なん》なのか見極《みきわ》めようとした。

木？　木だよね？　なんだか奇妙《きみょう》な位置《いち》に立っているけど——

影《かげ》が、動《うご》いた。

ミチルはぎょっとして、全身《ぜんしん》が凍《こお》り付《つ》いたような気がした。
それは、人だった。
その人は、ほんの少《すこ》しだけ頭《あたま》を動《うご》かし、小屋《こや》の陰《かげ》からちらちらっとこちらを見たのだ。
どきん、どきん、と心臓《しんぞう》の音が身体《からだ》じゅうに響《ひび》きだした。
あの時《とき》、隣《となり》の席《せき》の子がなんと言《い》いかけたのか、ミチルは直感的《ちょっかんてき》に悟《さと》ったのだ。

みどりおとこ。

本当《ほんとう》は男なのか女なのか分《わ》からないけれど、あそこに今《いま》立ってこちらを窺《うかが》っているのは、みんなが絵《え》に描《か》いた、あの全身緑色《ぜんしんみどりいろ》の「みどりおとこ」なのだ。
ぎょろりとした目が小屋《こや》の陰《かげ》からほんの一瞬《いっしゅん》のぞいただけなのに、ミチルは鏡《かがみ》

のなかで目が合《あ》ったような気がして恐《おそ》ろしくなった。

あの緑色《みどりいろ》の影《かげ》は、どうしてあんなところにいるのだろう？　いったい誰《だれ》を見張《みは》っているのだろう？

ミチルは和菓子屋《わがしや》の引《ひ》き戸《ど》に張《は》り付《つ》いたまま、背中《せなか》に流《なが》れる冷《ひ》や汗《あせ》を感《かん》じていた。

もちろん、彼女《かのじょ》はその答《こた》えを知《し》っていたからだ。

あたしだ。あいつは、あたしのことを見張《みは》っているんだ。あいつのことを知《し》らなかった、ひまわりの絵《え》なんか描《か》いていたあたしのことが気に入らなくて、追《お》いかけてきたんだ。

どうしよう。逃《に》げなくては。こういう時《とき》に限《かぎ》って、昼下《ひるさ》がりの町は眠《ねむ》たげな時《じ》間《かん》が流《なが》れ、猫《ねこ》一匹《いっぴき》通《とお》りかからないし、誰《だれ》もいない町のように静《しず》まり返《かえ》っている。

お店《みせ》に駆《か》け込《こ》めばどうだろう？　ここの人はあたしのことを知《し》っているし、気《き》味《み》の悪《わる》い人に追《お》いかけられているといえばかくまってくれるはず。

ミチルは引《ひ》き戸《ど》を開《あ》けようとした。

が、引《ひ》き戸《ど》はびくともしなかった。いつもはカラカラと軽《かる》い音を立てて開《あ》くはずの引《ひ》き戸《ど》が。

ミチルは真《ま》っ青《さお》になった。

そこで初《はじ》めて、引《ひ》き戸《ど》のところに小さなメモが貼《は》ってあり、「所用《しょよう》のため少《すこ》し留守《るす》にします。二時間《じかん》ほどで戻《もど》ります。」と書《か》いてあることに気付《きづ》いた。

本当《ほんとう》に留守《るす》なんだ。

文字《もじ》通《どお》り、目《め》の前《まえ》が真《ま》っ暗《くら》になる。

視界《しかい》の隅《すみ》で何《なに》かが動《うご》いたので、ミチルはハッとした。

鏡《かがみ》の奥《おく》で、そろりと緑色《みどりいろ》の影《かげ》が小屋《こや》の陰《かげ》から身体《からだ》を動《うご》かし、道《みち》に出てこようとするのが見えた。

出てくる。

ミチルは思《おも》わず駆《か》け出《だ》した。

最後《さいご》にちらっと鏡《かがみ》のなかに、駆《か》け出《だ》してくる緑色《みどりいろ》の影《かげ》を見た。

追《お》いかけてくる！

それから先は無我夢中《むがむちゅう》だった。

坂道《さかみち》を駆《か》け上《あ》がり、路地《ろじ》に飛《と》び込《こ》み、ひたすらぎざぎざに見知《みし》らぬ街角《まちかど》を走《はし》り回《まわ》り、緑色《みどりいろ》の影《かげ》から逃《のが》れようとした。

それにしても、どうして誰《だれ》もいないんだろう？

ミチルは、どこまでいっても静《しず》かで眠《ねむ》たげな町をいまいましく思《おも》った。

交番《こうばん》を探《さが》したけれど、住宅街《じゅうたくがい》なのでどこにあるのかさっぱり分《わ》からない。

みんなどこかに行《い》ってしまったんだろうか？

やみくもに駆《か》け回《まわ》るうちに、いったい自分《じぶん》がどこにいるのか分《わ》からなくなり、すっかり迷《まよ》ってしまった。家《いえ》に帰《かえ》れるだろうか？

緑色《みどりいろ》の影《かげ》は、決《けっ》して足は速《はや》くないものの、どういうわけかミチルを見失《みうしな》うことなく追《お》いかけてくる。滑稽《こっけい》な足取《あしど》りで、スキップでもしているみたいに、ぴょんぴょんと道《みち》の上を跳《と》んでくるのだ。細《ほそ》い路地《ろじ》に飛《と》び込《こ》み、今度《こんど》こそまいただろうと思《おも》っても、しばらくするとまたぴょんぴょん飛《と》び跳《は》ねて緑色《みどりいろ》の姿《すがた》を現《あらわ》す。

なんて奇妙《きみょう》な人なんだろう。

ミチルはだんだん慣《な》れてきて、追《お》いかけてくるその人物《じんぶつ》を観察《かんさつ》する余裕《よゆう》が出てきた。

髪《かみ》はうねうねと長《なが》く波打《なみう》っているが、見事《みごと》な緑色《みどりいろ》だ。顔立《かおだ》ちは、西洋人《せいようじん》かと思《おも》うほど額《ひたい》と頬骨《ほおぼね》と鼻《はな》が高《たか》い。目はぎょろっとして、その白目だけが遠《とお》くからみても異様《いよう》に目立つ。

背《せ》は高《たか》くがっちりとして、それこそヨーロッパの童話《どうわ》に出てくる王子様《おうじさま》みたいな、ブルマーを大きくしたような奇妙《きみょう》な服《ふく》を着《き》ている。

しかし、直感《ちょっかん》で「みどりおとこ」と命名《めいめい》したものの、やはり男なのか女なのかは分《わ》からなかった。もしかすると、大柄《おおがら》な女の人なのかもしれない。

走《はし》り疲《つか》れて、全身《ぜんしん》が汗《あせ》だくだった。どこにいるかも分《わ》からないし、このままでは家《いえ》に帰《かえ》りつけないのではないか。

頭《あたま》がもうろうとしてきて、ミチルは全身《ぜんしん》で息《いき》をしながら、よろよろと見知《みし》らぬ路地《ろじ》を歩《ある》いていた。

ふと、角《かど》を曲《ま》がると、長《なが》い石垣《いしがき》がまっすぐ続《つづ》いている。

どうやら、町の外《はず》れである城跡《しろあと》まで来《き》てしまったようだ。

気配《けはい》を感《かん》じ、ミチルは振《ふ》り向《む》いた。

路地《ろじ》の奥《おく》から、あのふざけたような足取《あしど》りでやってくる緑色《みどりいろ》の影《かげ》が現《あらわ》れる。

向《む》こうは全《まった》く疲《つか》れた様子《ようす》も見せず、鼻歌《はなうた》でも歌《うた》いそうな軽快《けいかい》な足取《あしど》りだ。ただ、無表情《むひょうじょう》で瞬《まばた》きをしないのが不気味《ぶきみ》である。

ミチルは焦《あせ》った。

目《め》の前《まえ》の道《みち》はがらんとしたまっすぐな道《みち》で、身《み》を隠《かく》したり逸《そ》れたりする横道《よこみち》が見《み》当《あ》たらない。

しまった。こんな見晴《みは》らしのいい道《みち》に出るんじゃなかった。さっきの路地《ろじ》の途《と》中《ちゅう》で曲《ま》がればよかった。

後悔《こうかい》してももう遅《おそ》い。ミチルは再《ふたた》び、よろよろと駆《か》け出《だ》した。

が、みるみるうちに後《うし》ろから誰《だれ》かが迫《せま》ってくるのを感《かん》じる。

ぴょん、ぴょん、と石畳《いしだたみ》を飛《と》び跳《は》ねる音すら聞《き》こえるような気がした。

深《ふか》く荒《あら》い、獣《けもの》のような呼吸《こきゅう》を耳の後《うし》ろに感《かん》じたのは気のせいだろうか？

つかまる！

そう思《おも》ったとき、目《め》の前《まえ》にパッと誰《だれ》かが現《あらわ》れた。

久《ひさ》しぶりに会《あ》った誰《だれ》かは、とても輪郭《りんかく》が濃《こ》く、強《つよ》い目の光《ひかり》がまっすぐに飛《と》びこんできた。

佐藤蘇芳《さとうすおう》。

「大木《おおき》さん、どうしたの?」

蘇芳《すおう》は、いつもどおり落《お》ち着《つ》いていたが、ミチルの必死《ひっし》の形相《ぎょうそう》に驚《おどろ》いた様子《ようす》である。

「佐藤《さとう》さん、助《たす》けて! 緑色《みどりいろ》のが追《お》いかけてくるの!」

「えっ?」

ミチルは半《はん》べそをかきながら蘇芳《すおう》にしがみついた。今《いま》にも、緑色《みどりいろ》の爪《つめ》が肩《かた》に食《く》い込《こ》むのではないかと、ぎゅっと目をつむる。

どうしよう、蘇芳《すおう》も巻《ま》き添《ぞ》えになったら。

「――誰《だれ》もいないわよ。」

蘇芳《すおう》の落《お》ち着《つ》いた声《こえ》を頭《あたま》の上に聞《き》き、ミチルは「えっ。」と反射的《はんしゃてき》に身体《からだ》を起《お》こした。

静《しず》かな石垣《いしがき》。

昼下《ひるさ》がりの、眠《ねむ》たげな城下町《じょうかまち》。

「そんな。」

ミチルはのろのろと周囲《しゅうい》を見回《みまわ》した。

そこにいるのは、ミチルと蘇芳《すおう》の二人《ふたり》きりだった。

あのぴょんぴょん跳《は》ねてついてきた、緑色《みどりいろ》の影《かげ》はどこにもない。

犬を連《つ》れて散歩《さんぽ》するおじいさんや、連《つ》れだって歩《ある》く小学生がやってきた。

さっきまで人っ子ひとり見なかったのに。

「だいじょうぶ？　大木《おおき》さん、真《ま》っ青《さお》な顔《かお》してる。」

蘇芳《すおう》が心配《しんぱい》そうな顔《かお》で、ミチルの顔《かお》を覗《のぞ》き込《こ》んだ。

「そんな、馬鹿《ばか》な。ずうっと追《お》いかけられて、ずっと、逃《に》げてきて、誰《だれ》もいなくって。」

訴《うった》えようとするが、息切《いきぎ》れしていて、言葉《ことば》にならない。

蘇芳《すおう》はじっとミチルを観察《かんさつ》していた。

信《しん》じてくれないんだ。きっと、あたしが何《なに》かヘンなこと言《い》ってると思《おも》ってるんだ。

ミチルはがっくりきた。

そりゃそうだ。緑色《みどりいろ》した人間《にんげん》が追《お》いかけてくるなんて、こんなヘンな話《はなし》、あたしだって、たった今自分《いまじぶん》が体験《たいけん》したことなのに、信《しん》じられない。

「少《すこ》し歩《ある》かない？」

蘇芳《すおう》は静《しず》かにそう言《い》うと、先に立って歩《ある》き出《だ》した。

ミチルは戸惑《とまど》いつつも、少《すこ》し遅《おく》れて歩《ある》き出《だ》す。

蘇芳《すおう》と並《なら》んでゆっくり歩《ある》いているうちに、だんだん落《お》ち着《つ》いてきた。

ついさっきまで心臓《しんぞう》をばくばくいわせて駆《か》け回《まわ》っていたのが、とても滑稽《こっけい》なことに思《おも》えてくる。

ミチルは顔《かお》が火照《ほて》るのを感《かん》じた。

あー、バカみたい。みっともなかったなあ、あたし。

しどろもどろになった自分《じぶん》の声《こえ》を思《おも》い出《だ》すと、恥《は》ずかしくてたまらなくなった。

それにしても、この子って凄《すご》いな。

ミチルはちらちらと蘇芳《すおう》に目をやった。

あたしだったら、あんなふうにロクに知《し》らない子が飛《と》びついてきたら、びびって逃《に》げ出《だ》すか、思《おも》いっきり引《ひ》いちゃうのに。

落《お》ち着《つ》き払《はら》った横顔《よこがお》。

でも、この子は全《まった》く表情《ひょうじょう》も変《か》えなかったし、拒絶《きょぜつ》もしなかった。

「このお城《しろ》ね、冬《ふゆ》のお城《しろ》って呼《よ》ばれてたの。」

蘇芳《すおう》は何《なに》もなかったかのように話《はな》し始《はじ》めた。

「冬《ふゆ》のお城《しろ》?」

ミチルは、道《みち》に沿《そ》うようにしてそびえたつ石垣《いしがき》を見上げた。

残《のこ》っているのは立派《りっぱ》な古《ふる》い石垣《いしがき》だけ。お城《しろ》は影《かげ》も形《かたち》もない。

「そう。正式《せいしき》な名前《なまえ》は別《べつ》にあったけど、今世紀《こんせいき》に入ってからしばらくして、冬《ふゆ》のお城《しろ》と呼《よ》ばれるようになったんだって。」

「ふうん。誰《だれ》が建《た》てたの?」

「さあね。ずーっと昔《むかし》の、戦国武将《せんごくぶしょう》らしいけど、覚《おぼ》えてないわ。」

蘇芳《すおう》は小さく肩《かた》をすくめた。

「どうして冬《ふゆ》のお城《しろ》っていうの？」

「詳《くわ》しくは知《し》らない。」

蘇芳《すおう》は石垣《いしがき》の前《まえ》にある古《ふる》い石のベンチに腰掛《こしか》けると、隣《となり》に座《すわ》るよう、目でミチルに合図《あいず》した。

二人《ふたり》で並《なら》んで腰掛《こしか》ける。

「だけどね、そのお城《しろ》には、窓《まど》がなかったんだって。」

「窓《まど》？」

窓《まど》のないお城《しろ》。

ミチルは想像《そうぞう》してみた。

あれ？　なんか変《へん》だ。

「でも、それって変《へん》じゃないの？」

ミチルは首《くび》をひねった。

「お城《しろ》っていうのは、もともと戦《たたか》うためのものなんでしょ。テレビドラマで見たよ。窓《まど》から矢《や》を放《はな》ったりするところ。窓《まど》がなかったら困《こま》るんじゃない？」

「そうよね。あたしもそう思《おも》う。」

蘇芳《すおう》は同意《どうい》した。

「でも、あんまり資料《しりょう》が残《のこ》ってないけど、元々《もともと》あった窓《まど》を潰《つぶ》しちゃったことは本当《ほんとう》みたいなの。」

「潰《つぶ》した？　窓《まど》を？」

「うん。全部《ぜんぶ》ね。」

蘇芳《すおう》はベンチに手を突《つ》くと、足を伸《の》ばして爪先《つまさき》をぶらぶらさせた。

窓《まど》を潰《つぶ》す。塞《ふさ》ぐ。

それは、ちょっと想像《そうぞう》してみただけでも異様《いよう》な風景《ふうけい》だった。

「なんで？」

「さあ。きっと、怖《こわ》いものが入ってこないようにしたんじゃない？」

「怖《こわ》いもの？」

「うん。外《そと》にものすごく怖《こわ》いものがいたから、必死《ひっし》で窓《まど》を潰《つぶ》したのかも。」

ものすごく怖《こわ》いもの。

ふと、さっきの「みどりおとこ」の姿《すがた》がパッと目に浮《う》かんだ。

怖《こわ》かった。

今更《いまさら》ながらに、寒気《さむけ》を感《かん》じて、ミチルは小さく身震《みぶる》いした。

なんだってまた、あたしのことを追《お》いかけてきたんだろう？ あそこでこの子に会《あ》えて、本当《ほんとう》によかった。あのまま一人《ひとり》きりだったら、いったいどうなっていたことやら。

「ん？」

不意《ふい》に蘇芳《すおう》が、何《なに》かに気《き》付《づ》いたように身体《からだ》をかがめたので、ミチルは我《われ》に返《かえ》る。

「大木《おおき》さん、それ、何《なに》？」

蘇芳《すおう》が、ミチルのカバンに目を留《と》めた。

「え？　これ？　美術《びじゅつ》の時間《じかん》に描《か》いた――。」

丸《まる》めた画用紙《がようし》に目をやったとたん、その画用紙《がようし》の中に、丸《まる》めた緑色《みどりいろ》の封筒《ふうとう》が突《つ》っ込《こ》んであるのに気付《きづ》いた。

「あれ？　何《なに》これ？　いつのまに。」

ミチルは慌《あわ》てて封筒《ふうとう》を引《ひ》っ張《ぱ》り出《だ》した。

そこには、ぎこちない筆跡《ひっせき》で「大木《おおき》ミチル様《さま》」と名前《なまえ》が書《か》いてある。

「なんだろ、これ。」

ミチルは目をぱちくりさせ、混乱《こんらん》したまま蘇芳《すおう》の顔《かお》を見た。

蘇芳《すおう》はそんなミチルの顔《かお》を静《しず》かに見つめている。

たっぷり一分間《ぷんかん》ほど見《み》つめ合《あ》ったかと思《おも》った頃《ころ》、蘇芳《すおう》が口を開《ひら》いた。

「大木《おおき》さん、あなた。」

彼女《かのじょ》は微笑《ほほえ》んでいるのだとも、驚《おどろ》いているのだとも、怒《おこ》っているのだとも取《と》れる、不思議《ふしぎ》な表情《ひょうじょう》で呟《つぶや》いた。

「――夏《なつ》のお城《しろ》に呼《よ》ばれたのね。」

第二章　夏《なつ》の城《しろ》への道《みち》

ごとん、と大きく揺《ゆ》れて列車《れっしゃ》が動《うご》きだした。

ミチルは心細《こころぼそ》げな顔《かお》で、ゆっくりと離《はな》れていく駅《えき》のホームを見送《みおく》る。

列車《れっしゃ》は空《す》いていた。

中途半端《ちゅうとはんぱ》な時間《じかん》だし、学校は夏休《なつやす》み。ボックス席《せき》は閑散《かんさん》として、ミチルの向《む》かい側《がわ》では風呂敷包《ふろしきづつ》みを抱《かか》えたおばあさんがうとうとしている。

外《そと》は穏《おだ》やかに晴《は》れていて、列車《れっしゃ》は十分《ぷん》も経《た》つと、青く輝《かがや》く一面《いちめん》の田圃《たんぼ》の中を走《はし》っていた。

開《あ》け放《はな》たれた窓《まど》から、稲穂《いなほ》の上を渡《わた》ってくる風《かぜ》が車内《しゃない》を吹《ふ》き抜《ぬ》けていく。

こんなに明《あか》るい、夏《なつ》らしく気持《きも》ちのいい午後《ごご》なのに、ミチルの表情《ひょうじょう》は暗《くら》く、困《こん》惑《わく》しきっていた。

なんなんだろう、夏《なつ》のお城《しろ》って。

なんであたしがそんなところに行《い》かなきゃならないんだろう。

同《おな》じ疑問《ぎもん》がぐるぐると頭《あたま》の中で回《まわ》っている。

あの緑色《みどりいろ》の封筒《ふうとう》を受《う》け取《と》ってから、三日《みっか》しか経《た》っていない。

封筒《ふうとう》の力は絶大《ぜつだい》だった。

お母《かあ》さんは封筒《ふうとう》を見るとさっと顔色《かおいろ》を変《か》え、あちこちに電話《でんわ》を掛《か》けていたが、

「仕方《しかた》がないわね。」と何度《なんど》も呟《つぶや》いていた。そう呟《つぶや》くのを聞《き》くたびに、ミチルは胸《むね》がどきんとして不安《ふあん》になるのだけれど、お母《かあ》さんは何《なに》も説明《せつめい》してくれなかった。

もっとも、封筒《ふうとう》の中身《なかみ》も至《いた》ってそっけなく、カードが一枚《まい》入っているだけ。

大木《おおき》ミチル様《さま》　あなたは夏流城《かなしろ》での林間学校《りんかんがっこう》に参加《さんか》しなければなりません。

カードに書《か》かれているのはたった一行《ぎょう》で、小さな白い紙《かみ》が挟《はさ》んであり、それには「七月×日、○時《じ》にローカル線《せん》の△駅《えき》から列車《れっしゃ》に乗《の》るように。荷物《にもつ》はカバンひとつで、宿題《しゅくだい》と身《み》の回《まわ》りのものだけを持参《じさん》すること。」と更《さら》にそっけなく書《か》かれているだけだった。

「みどりおとこ」に封筒《ふうとう》を押《お》し付《つ》けられたあと、蘇芳《すおう》はミチルを家《いえ》まで送《おく》ってくれた。

家《いえ》からずいぶん遠《とお》くまで来《き》てしまったと思《おも》ったのに、城跡《しろあと》から自宅《じたく》までは実《じつ》はそんなに遠《とお》くなく、ぐるりと町内《ちょうない》を巡《めぐ》って家《いえ》の近《ちか》くまで戻《もど》ってきていたのだと分《わ》かった。

夏《なつ》のお城《しろ》って、なに？　どこにあるの？　誰《だれ》が呼《よ》ぶの？

ミチルは蘇芳《すおう》に根掘《ねほ》り葉掘《はほ》り尋《たず》ねたけれど、蘇芳《すおう》は言葉《ことば》を選《えら》んでいる様子《ようす》で、なかなかはっきり答《こた》えようとしない。

さっきあたしたちがいたところは冬《ふゆ》のお城《しろ》の跡《あと》なの。夏《なつ》のお城《しろ》は、もっと離《はな》れたところにあるわ。

もちろん、ミチルが何《なに》を聞《き》きたいのかは蘇芳《すおう》だって分《わ》かっていただろう。夏《なつ》のお城《しろ》に招待《しょうたい》されることが何《なに》を意味《いみ》するのか、どんなことが行《おこな》われるのか。ミチルの関心《かんしん》はそこにあるのだ。しかし、その肝心《かんじん》のところが、どうやら、この町では口にしにくいことらしい。美術《びじゅつ》の時間《じかん》に、「みどりお。」と言《い》いかけてやめた子のことを思《おも》い出《だ》した。

口にしにくい内容《ないよう》ならなおのこと気になるのに、蘇芳《すおう》はミチルの好奇心《こうきしん》を満《み》たしてはくれなかった。

夏《なつ》のお城《しろ》には、呼《よ》ばれたら、必《かなら》ず行《い》かなきゃならないの。ここに住《す》む子なら、誰《だれ》でもね。そう昔《むかし》から決《き》まっているのよ。

彼女《かのじょ》はそう呟《つぶや》くと、じゃあ気《き》を付《つ》けて、と手を振《ふ》って行《い》ってしまった。

そして、結局《けっきょく》、何《なに》も分《わ》からないまま、指定《してい》された日がやってきてしまったのだ。

林間学校《りんかんがっこう》というからには、他《ほか》にも行《い》く生徒《せいと》がいるはずだ。

ミチルはそう考《かんが》え、駅《えき》でそれらしき女の子を探《さが》した。

しかし、ミチルのようにうろうろしている人間《にんげん》は見当《みあ》たらず、誰《だれ》もが普通《ふつう》に通《かよ》い慣《な》れた駅《えき》を通過《つうか》しているだけだ。仲間《なかま》らしき女の子は見当《みあ》たらなかった。

ミチルはいっそう暗《くら》い気分《きぶん》になり、列車《れっしゃ》にのろのろと乗《の》り込《こ》み、ひっそり隅《すみ》の座席《ざせき》に腰《こし》を降《お》ろしたのだった。

えんえんと続《つづ》く稲穂《いなほ》の海《うみ》。

風《かぜ》がその上でうねり、青い海《うみ》の上に波頭《はとう》の影《かげ》となって揺《ゆ》れている。

ひとり、なんだなあ。

ミチルはそんなことを思《おも》った。

空が青くて、お米《こめ》が実《みの》って、明《あか》るい世界《せかい》の中で、あたしはひとりなんだ。

強《つよ》い日差《ひざ》しに輝《かがや》き、揺《ゆ》れる稲穂《いなほ》の海《うみ》を眺《なが》めているうちにうとうとした。

心地《ここち》よい列車《れっしゃ》のリズム。

短《みじか》い夢《ゆめ》を見た。

ミチルは、和菓子屋《わがしや》の鏡《かがみ》の前《まえ》に立っていた。

鏡《かがみ》の中に、自分《じぶん》の顔《かお》が映《うつ》っている。

しかし、ミチルは、その鏡《かがみ》が窓《まど》であることを知《し》っていた。鏡《かがみ》だけれど、窓《まど》なのだ。

その向《む》こうに誰《だれ》かがいて、ミチルと鏡《かがみ》を挟《はさ》んで同《おな》じ位置《いち》に立ち、鏡越《かがみご》しに目を合《あ》わせている。その誰《だれ》かも、こちら側《がわ》にミチルがいることに気《き》が付《つ》いているのだ。

どうすればいい。

夢《ゆめ》の中で、ミチルは焦《あせ》っていた。向《む》こう側《がわ》の誰《だれ》かに、ミチルのことを知《し》らせるにはどうすればいいのだろう。

どうすれば――どうすれば――

ミチルは口のなかでもごもごと呟《つぶや》いていた。


がたん、と大きな音を立てて、列車《れっしゃ》が止《と》まった。


ミチルは身体《からだ》ががくんとつんのめったので、ハッとして目を覚《さ》ました。

どこの駅《えき》かと慌《あわ》てて窓《まど》の外《そと》を見たが、駅《えき》の看板《かんばん》どころか、ホームがない。

信号待《しんごうま》ちかしら、と思《おも》ったけれど、そうでもなさそうだ。

じっとアナウンスを待《ま》っていたが、アナウンスの気配《けはい》もなかった。

突然《とつぜん》、ガーッ、と耳ざわりな音を立てて扉《とびら》が開《ひら》いた。

えっ、と思《おも》い、反射的《はんしゃてき》に腰《こし》を浮《う》かせる。

扉《とびら》の向《む》こうは、青い稲穂《いなほ》の海《うみ》だ。やはり、どこにもホームはなく、何《なに》もない田圃《たんぼ》のど真《ま》ん中《なか》に、列車《れつしや》は停車《ていしや》しているのだった。

なんでこんなところに止《と》まるんだろう。
なんで扉《とびら》を開《あ》けたんだろう。

ミチルは腰《こし》を上《あ》げ、扉《とびら》のところに立った。地面《じめん》からは結構高《けつこうたか》さがある。車内《しやない》はとても静《しず》かで、乗客《じようきやく》たちは誰《だれ》もが止《と》まったことに気付《きづ》かぬ様子《ようす》で居眠《いねむ》りをしていた。
ふと、ミチルは、田圃《たんぼ》の向《む》こうから誰《だれ》かがやってくることに気付《きづ》いた。
背《せ》の高《たか》い、緑色《みどりいろ》の影《かげ》。

あれは。

ミチルは動揺《どうよう》した。

あの「みどりおとこ」が、なぜか小さな旗《はた》を持《も》ってこちらに向《む》かってやってくるのだ。

隠《かく》れるべきだろうか。

ミチルは迷《まよ》った。

「みどりおとこ」は例《れい》によって、瞬《まばた》きもせず、大きな眼《め》をぎょろりとさせ、無《む》表情《ひょうじょう》でこちらに向《む》かってくる。さすがにスキップではなかったが、のしのしと、肩《かた》をいからせ、偉《えら》そうにしている。

揺《ゆ》れる稲穂《いなほ》のあいだをやってくる彼《かれ》(なのか彼女《かのじょ》なのかは分《わ》からないが)は、なぜかその時《とき》、まさしく「夏《なつ》の人」という感《かん》じがした。

田圃《たんぼ》の向《む》こうから夏《なつ》の人がきて、夏《なつ》の城《しろ》にあたしたちを連《つ》れていくのだ。

そう思《おも》ったとき、とん、と離《はな》れたところで音がした。

目をやると、小さなボストンバッグを、誰《だれ》かが地面《じめん》に放《ほう》り投《な》げたのだった。

そして、そのバッグの持《も》ち主《ぬし》であろう人物《じんぶつ》が、パッと地面《じめん》に飛《と》び降《お》りたのだ。

ミチルは驚《おどろ》いた。

それは、佐藤《さとう》蘇芳《すおう》だった。

麦《むぎ》わら帽子《ぼうし》をかぶり、青いワンピースを着《き》た蘇芳《すおう》が、落《お》ち着《つ》いた手つきでボストンバッグを拾《ひろ》い上げ、帽子《ぼうし》を直《なお》し、田圃《たんぼ》に向《む》かって歩《ある》き出《だ》したのだ。

それが合図《あいず》になったかのように、他《ほか》にもぱらぱらと荷物《にもつ》が地面《じめん》に放《ほう》り出《だ》された。

三人、四人。

次々《つぎつぎ》と女の子が列車《れっしゃ》から飛《と》び降《お》り、荷物《にもつ》を拾《ひろ》い上《あ》げ、歩《ある》き出《だ》す。

ひょっとして、あの子たち、あたしと同《おな》じように。

ふと、ミチルは強《つよ》い視線《しせん》を感《かん》じた。

顔《かお》を上げると、「みどりおとこ」が少《すこ》し離《はな》れたところにいて、じっとミチルを見つめているのだった。

ミチルは動《うご》けなくなった。蛇《へび》に睨《にら》まれたカエルみたいだ。

「みどりおとこ」は小さくぱたぱたと旗《はた》を振《ふ》ると、こっちにおいで、というようにくいっと顎《あご》を動《うご》かした。

反射的《はんしゃてき》に、ミチルもカバンを放《ほう》り投《な》げていた。

下のほうで、ばふん、と音を立ててカバンが地面《じめん》に落《お》ちる。

結構高《けっこうたか》さがあるんだな、というのと、もう後戻《あともど》りはできない、というふたつの感想《かんそう》が同時《どうじ》に頭《あたま》に湧《わ》いた。

次《つぎ》の瞬間《しゅんかん》、ミチルは列車《れっしゃ》から飛《と》び降《お》りていた。勢《いきお》い余《あま》って尻餅《しりもち》をついてしまう。いたた、と顔《かお》をしかめていると、視界《しかい》の隅《すみ》で人影《ひとかげ》が動《うご》いているのに気付《きづ》く。

既《すで》に「みどりおとこ」は旗《はた》を掲《かか》げ、背《せ》を向《む》けて歩《ある》き出《だ》していた。

うしろに、五人の女の子が続《つづ》いている。先頭《せんとう》は蘇芳《すおう》だ。

痛《いた》さも忘《わす》れて、ミチルは慌《あわ》てて立ち上がった。お尻《しり》をはたき、カバンを拾《ひろ》って歩《ある》き出《だ》す。

背中《せなか》で、シューッ、と音がして、列車《れっしゃ》の扉《とびら》が閉《し》まるのが分《わ》かった。

振《ふ》り返《かえ》ると、列車《れっしゃ》がゆっくりと動《うご》き出《だ》していた。

何《なに》もなかったかのように、ごとんごとんと走《はし》っていく。


あたしたちを下ろすために止《と》まったんだ。


遠《とお》ざかる列車《れっしゃ》をぼんやり眺《なが》めていたが、「みどりおとこ」の列《れつ》が離《はな》れているのに気付《きづ》いて、小走《こばし》りに後《あと》を追《お》った。

田圃《たんぼ》の中の、小さな畦道《あぜみち》を列《れつ》は進《すす》んでいた。

先頭《せんとう》に旗《はた》を掲《かか》げて進《すす》んでいく少女《しょうじょ》たちの列《れつ》は、何《なに》かのチームのようだ。

ミチルは必死《ひっし》に後《あと》を追《お》ったが、なかなか列《れつ》は近《ちか》づいてこない。

小さな列《れつ》は、田圃《たんぼ》の中を縫《ぬ》うように進《すす》み、小高《こだか》い丘《おか》の上の、こんもりした雑木林《ぞうきばやし》に近《ちか》づいていった。

ようやく、いちばん後《うし》ろの、赤いギンガムチェックのワンピースの女の子の背中《せなか》が近《ちか》づいてくる。

列《れつ》は、雑木林《ぞうきばやし》の中に入っていった。

突然《とつぜん》、暗《くら》くなって、一瞬《いっしゅん》周《まわ》りが見えなくなった。

こんもりと繁《しげ》る木々の梢《こずえ》から、蟬《せみ》しぐれが降《ふ》り注《そそ》ぎ、湿《しめ》った空気が身体《からだ》を包《つつ》む。

林の中は涼《すず》しかった。

少女《しょうじょ》たちの肩《かた》や髪《かみ》にチラチラと光《ひかり》が水玉模様《みずたまもよう》を作《つく》っている。

うるさいくらいの蟬《せみ》しぐれを浴《あ》びながら、列《れつ》は進《すす》んでいく。

五分《ふん》も歩《ある》くと、入ったときと同《おな》じように、唐突《とうとつ》に林を抜《ぬ》けた。

これまでの暗《くら》がりが嘘《うそ》のような、明《あか》るい夏《なつ》の世界《せかい》である。

青空にぽっかりと浮《う》かぶ、白い入道雲《にゅうどうぐも》の峰《みね》が眩《まぶ》しい。

そこは、驚《おどろ》いたことに川べりだった。雑木林《ぞうきばやし》のある丘《おか》の向《む》こう側《がわ》からは見えなかったのだ。

川の水はゆったりと流《なが》れ、かなり水量《すいりょう》は多《おお》かった。流《なが》れが遅《おそ》いためか、深《ふか》い碧《みどり》色《いろ》をしていて、底《そこ》は見えない。

幅《はば》も広《ひろ》い。二、三十メートル近《ちか》くあるのではないか。

反対側《はんたいがわ》の岸《きし》が、ぼうっと霞《かす》んでいた。

その向《む》こうに、濃《こ》い緑色《みどりいろ》の山が見える。

列《れつ》は整然《せいぜん》と岸辺《きしべ》に下りてゆく。

見ると、小さな船着場《ふなつきば》があって、古《ふる》いボートがあった。

「みどりおとこ」はずんずんとボートに乗《の》り込《こ》み、少女《しょうじょ》たちがあとに続《つづ》いた。

向《む》かい合《あ》うように六人が座《すわ》ると、「みどりおとこ」は二本のオールをつかんで力強《ちからづよ》く川のなかに漕《こ》ぎ出《だ》した。

水面《すいめん》がきらきら光《ひか》っていて、とても眩《まぶ》しく、目を開《あ》けていられないほどだった。

けれど、ミチルは目をしょぼしょぼさせながらも、他《ほか》の少女《しょうじょ》たちを観察《かんさつ》した。

蘇芳《すおう》はいつものように落《お》ち着《つ》きはらって座《すわ》っており、表情《ひょうじょう》も変《か》わらない。

ミチルのほうを見ようともしないし、他《ほか》の女の子にも視線《しせん》を向《む》けない。

蘇芳《すおう》の隣《となり》には、ひょろっとしたのっぽの女の子が座《すわ》っていた。ショートカットが似合《にあ》っていて、どこか怜悧《れいり》な印象《いんしょう》を与《あた》える子だ。

その隣《となり》にいるのは、おとなしそうな、茶色《ちゃいろ》っぽい髪《かみ》をおさげに結《ゆ》った色白《いろじろ》の女の子。その子の向《む》かい側《がわ》に座《すわ》っているのがミチルだ。

そして、ミチルの隣《となり》にいるのはおかっぱ頭《あたま》で眼鏡《めがね》をかけた、真面目《まじめ》そうな女の子だった。その隣《となり》の子も眼鏡《めがね》をかけていて、髪《かみ》が長《なが》いということは分《わ》かったけれど、さすがにじろじろ見るわけにはいかなかったので、顔《かお》はよく見ていない。

どの子も足元《あしもと》を見つめ、どちらかといえば暗《くら》い表情《ひょうじょう》をしていた。

やはり、楽《たの》しい林間学校《りんかんがっこう》という雰囲気《ふんいき》ではない。仲間《なかま》がいたことに安堵《あんど》したものの、仲間《なかま》の女の子たちが、これが楽《たの》しいイベントだと思《おも》っていないのは明《あき》らかだった。

それにしても、佐藤蘇芳《さとうすおう》がいるとは。

ミチルは蘇芳《すおう》の顔《かお》をそっと盗《ぬす》み見《み》る。

このあいだ、そんなそぶりは全《まった》く見せていなかったではないか。自分《じぶん》も行《い》くのなら、「あたしも行《い》くのよ。」と言《い》うのが普通《ふつう》ではないか。どうせ、こうして当日《とうじつ》になれば分《わ》かるのだから。

いや、待《ま》てよ、とミチルは考《かんが》え直《なお》した。

どうせ分《わ》かるのだから、言《い》わなかったのだろうか。あの時《とき》、蘇芳《すおう》の見せた複雑《ふくざつ》な表情《ひょうじょう》。どうやら不名誉《ふめいよ》であるらしい林間学校《りんかんがっこう》に、自分《じぶん》も行《い》くのだと言《い》いたくなかったのかもしれない。

そもそも、この林間学校《りんかんがっこう》ってなんなの？

結局《けっきょく》、疑問《ぎもん》はそこに戻《もど》ってくる。

転校《てんこう》してきたばかりで、まだろくろく慣《な》れてもいないところで、なぜあたしがそんなところに呼《よ》ばれなければならないのだろう。呼《よ》ばれるような理由《りゆう》が思《おも》いつかない。

蘇芳《すおう》は、ミチルの視線《しせん》に気付《きづ》いているのかいないのか、平然《へいぜん》とした表情《ひょうじょう》のまま、じっと座《すわ》っている。

それをいうなら、どうみても、完璧《かんぺき》な優等生《ゆうとうせい》だとしか思《おも》えない佐藤蘇芳《さとうすおう》が呼《よ》ばれる理由《りゆう》って？

ミチルは、そっとボートのなかの女の子たちを見回《みまわ》した。

他《ほか》の女の子も、どちらかといえば、至極真面目《しごくまじめ》そうな女の子たちだ。正直《しょうじき》いって、頭《あたま》も良《よ》さそうで、いわゆる素行不良《そこうふりょう》であるとか、問題《もんだい》がありそうには見えない。

頭《あたま》の中がクエスチョン・マークではちきれそうになった頃《ころ》、ボートは向《む》こう岸《ぎし》に着《つ》いた。

「みどりおとこ」がボートのもやいを船着場《ふなつきば》の柱《はしら》にくくりつけ、女の子たちを急《せ》き立《た》ててボートから降《お》ろす。

岸辺《きしべ》に降《お》り立《た》った時《とき》、ミチルは、向《む》こう岸《ぎし》から見た時《とき》に山だと思《おも》ったものがそうではなかったことに気付《きづ》いた。

確《たし》かにそれは、山の斜面《しゃめん》に沿《そ》って、奇妙《きみょう》にでこぼこした岩山《いわやま》のような形《かたち》をしていた。

しかし、それは、よく見ると、石造《いしづく》りの古《ふる》い建造物《けんぞうぶつ》であることが分《わ》かった。

緑色《みどりいろ》の城《しろ》。

山だと思《おも》ったのも無理《むり》はなかった。その城《しろ》は、全体《ぜんたい》が濃《こ》い緑色《みどりいろ》のツタに覆《おお》われていたのだ。

まるで、山からお城《しろ》が生えているようでもあり、お城《しろ》と山が一体《いったい》になっているようでもあった。

なんだか不思議《ふしぎ》な眺《なが》めだ、とミチルは思《おも》った。

絵《え》の中の景色《けしき》のようだ。すぐそこにあるのに届《とど》かない、存在《そんざい》するのに存在《そんざい》しない、現実《げんじつ》ばなれした景色《けしき》。

いつのまにか、蘇芳《すおう》が隣《となり》に立っていた。他《ほか》の少女《しょうじょ》たちも、蘇芳《すおう》を囲《かこ》むように並《なら》び、青空に聳《そび》える遠《とお》い城《しろ》を見上げていた。

「あれが夏《なつ》のお城《しろ》なの？」

ミチルはかすれた声《こえ》で尋《たず》ねた。

「ええ。」

蘇芳《すおう》は、落《お》ち着《つ》いた声《こえ》で答《こた》え、小さく頷《うなず》いた。

「あれが、あたしたちの――淋《さび》しいあたしたちの、お城《しろ》なの。」

ミチルがその時《とき》の蘇芳《すおう》の言葉《ことば》の意味《いみ》を考《かんが》えたのは、ずっとずっとあとのことだった。

第三章　少《すこ》し奇《き》妙《みょう》な日常《にちじょう》

お城《しろ》で暮《く》らした時《とき》のことを思《おも》い出《だ》すと、ミチルはいつも眠気《ねむけ》を誘《さそ》われる。

あのひと月ちょっとの時間《じかん》——六人の少女《しょうじょ》で過《す》ごした時間《じかん》そのものが、夏《なつ》の昼《ひる》下《さ》がりに風《かぜ》の通《とお》る窓辺《まどべ》でうとうとしていたかのような、短《みじか》いまどろみに思《おも》えるのだ。

静《しず》かで穏《おだ》やかな日々だったし——いや、単《たん》にミチルがそう思《おも》い込《こ》もうとしていただけで、今《いま》にしてみると、かなり不穏《ふおん》で異様《いよう》な雰囲気《ふんいき》に包《つつ》まれていたような気もする——お城《しろ》のなかはいつもひんやりとして、どこかを風《かぜ》が吹《ふ》き抜《ぬ》けていた。

あの不思議《ふしぎ》な日常《にちじょう》、ふだんでは決《けっ》して有《あ》り得《え》ない日常《にちじょう》を言葉《ことば》にするのはむつかしいけれど、ミチルは今《いま》も時々《ときどき》言葉《ことば》を探《さが》してみる。

＊

夏流城《かなしろ》は、夏《なつ》のお城《しろ》というだけあって、開放的《かいほうてき》な造《つく》りだった。

山の斜面《しゃめん》にへばりつくように建《た》てられていて、箱《はこ》の形《かたち》をした建物《たてもの》が連《つら》なっており、小さな中庭《なかにわ》や池《いけ》、細《ほそ》い水路《すいろ》や噴水《ふんすい》がそこここにある。だから、今自分《いまじぶん》が何階《なんかい》のどこにいるのかを把握《はあく》するのはむつかしかった。

ツタに覆《おお》われた、石と木でできたお城《しろ》は、和風《わふう》なのか洋風《ようふう》なのか分《わ》からない、無国籍《むこくせき》な雰囲気《ふんいき》が漂《ただよ》っていた。

獅子《しし》が水を吐《は》いている噴水《ふんすい》や、石畳《いしだたみ》を敷《し》いた小さな中庭《なかにわ》は遠《とお》い国《くに》の意匠《いしょう》を思《おも》い起《お》こさせたが、いちばん高《たか》いところにある鐘楼《しょうろう》に登《のぼ》る長《なが》い階段《かいだん》を囲《かこ》む柱《はしら》や瓦屋根《かわらやね》を戴《いただ》いたお堂《どう》は、お寺《てら》のようでもある。

お城自体《しろじたい》はほとんど仕切《しき》りがなく、長《なが》い回廊《かいろう》や廊下《ろうか》はいつも風《かぜ》が抜《ぬ》けていたけ

れど、お城《しろ》と外部《がいぶ》の世界《せかい》とは完全《かんぜん》に遮断《しゃだん》されていた。

夏流城《かなしろ》のある山は、どちらかといえば岩山《いわやま》で、ほとんど木がなかった。山を青く覆《おお》っているのはツタなどのつる性植物《せいしょくぶつ》ばかりで、その下はごつごつとした岩《いわ》ばかり。がらんとして見晴《みは》らしがよく、こっそりお城《しろ》に近《ちか》づこうとしてもたちまち見つかってしまうだろう。

お城《しろ》の周《まわ》りには土塀《どべい》が張《は》り巡《めぐ》らされていて、その外側《そとがわ》は深《ふか》いお堀《ほり》になっている。しかも、お堀《ほり》の周辺《しゅうへん》のごつごつした岩場《いわば》の外側《そとがわ》にあるのは、みんながボートで渡《わた》ってきた川である。

お城《しろ》は、二重《にじゅう》・三重《さんじゅう》に守《まも》られている。さすがは、かつては砦《とりで》だったという場所《ばしょ》だ。

つまり、いったんお城《しろ》に入ってしまったら、外《そと》の世界《せかい》に出《で》て行《い》ったり、連絡《れんらく》したりということがとてもむつかしいということだ。

まるで隔離《かくり》されているみたい。

ミチルが、自分《じぶん》の部屋《へや》に着《つ》いて荷物《にもつ》を降《お》ろした瞬間《しゅんかん》、抱《いだ》いた感想《かんそう》はそれだった。

「みどりおとこ」がたくさんの鍵《かぎ》のついたキーホルダーをがちゃがちゃさせて、何度《なんど》も何度《なんど》も大きな扉《とびら》の鍵《かぎ》を開《あ》け（四回《かい》？　いや、五回鍵《かいかぎ》を開《あ》けた）、部屋《へや》に辿《たど》り着《つ》いた時《とき》、ミチルは朝《あさ》からの緊張《きんちょう》で疲《つか》れ切《き》っていた。

部屋《へや》そのものは、古《ふる》いけれども居心地《いごこち》がよかった。

小さなベッドに畳《たた》んだ布団《ふとん》。小さな箪笥《たんす》。どれも使《つか》い込《こ》まれているものの、こざっぱりとしている。

窓辺《まどべ》がそのまま机《つくえ》になっていて、造《つく》りつけの本棚《ほんだな》もある。

小さなガラスの花瓶《かびん》に、しおれかけた桔梗《ききょう》の花が挿《さ》してあった。

角部屋《かどべや》というのか、ちょうど空中に張《は》り出《だ》すような位置《いち》にあり、部屋《へや》の二面《めん》を囲《かこ》むように小さな池《いけ》もあるし、池《いけ》の向《む》こうの崩《くず》れかけた土塀《どべい》の隙間《すきま》から、小さなあずまやが見える。

ミチルはぼんやりと窓《まど》の外《そと》を眺《なが》めた。どうして自分《じぶん》がこんなところにいるのか。一瞬《いっしゅん》、自分《じぶん》がどこにいるのか分《わ》からなくなった。


まるで、絵《え》の中にいるみたいだ。


そう思《おも》ったとき、絵《え》の中で何《なに》かが動《うご》いた。

ミチルは目を見開《みひら》いた。

今《いま》のは何《なに》？

窓《まど》から身《み》を乗《の》り出《だ》し、じっくりと周囲《しゅうい》を観察《かんさつ》する。

気のせいだろうか。確《たし》かに何《なに》かが動《うご》いたと思《おも》ったのだが。それも、黒《くろ》っぽい、人影《ひとかげ》だったような。

しばらく目を凝《こ》らしてみたけれど、再《ふたた》びその影《かげ》を見ることはなかった。やはり、気のせいだったのかもしれない。

遠《とお》くで鐘《かね》が一度《ど》、鳴《な》らされた。

あの鐘《かね》が鳴《な》ったら、食堂《しょくどう》に集合《しゅうごう》することになっている。

ミチルは我《われ》に返《かえ》り、慌《あわ》てて部屋《へや》を出た。

食堂《しょくどう》は、お城《しろ》のてっぺん近《ちか》くにあった。それこそ、外観《がいかん》はお寺《てら》のお堂《どう》のような感《かん》じで、土間《どま》に大きな長《なが》いテーブルがふたつ置《お》いてある。ざっと見て、一度《いちど》に二、三十人は食事《しょくじ》ができそうだったが、今《いま》はミチルたち六人の貸《か》し切《き》り状態《じょうたい》なのだ。

ミチルが食堂《しょくどう》に入ると、もう他《ほか》の少女《しょうじょ》たちは着《つ》いていて、遅《おそ》いお昼《ひる》ご飯《はん》の準備《じゅんび》を始《はじ》めていた。ここでは自炊生活《じすいせいかつ》らしい。

食堂《しょくどう》の隣《となり》の台所《だいどころ》は広《ひろ》かった。

流《なが》しのそばの大きな机《つくえ》に、ホウレンソウや長《なが》ネギ、トマトに茄子《なす》といった野菜《やさい》が置《お》いてある。食材《しょくざい》は、みんなが着《つ》く前《まえ》に既《すで》に運《はこ》びこんであったらしい。

あまり食欲《しょくよく》はなかったけれど、そうめんを茹《ゆ》でて食《た》べた。

テーブルを挟《はさ》んで、三人と三人。なんとなく、ボートで座《すわ》った席順《せきじゅん》になっているのが不思議《ふしぎ》である。

「食事当番《しょくじとうばん》は二人《ふたり》ひと組《くみ》にします。お昼《ひる》は簡単《かんたん》なものにするので、みんなでこんなふうに準備《じゅんび》します。当番表《とうばんひょう》、そこに貼《は》っておくので見ておいてください。連絡事項《れんらくじこう》は、林間学校《りんかんがっこう》のあいだ、ここに貼《は》ります。」

佐藤蘇芳《さとうすおう》が、食堂《しょくどう》の入口にある掲示板《けいじばん》を指差《ゆびさ》した。自然《しぜん》と、彼女《かのじょ》がリーダー役《やく》となる。もちろん、異論《いろん》のある者《もの》はない。

蘇芳《すおう》は淡々《たんたん》とここでのルールを説明《せつめい》した。

その中には、幾《いく》つか奇妙《きみょう》なものがあった。

鐘《かね》が一度鳴《どな》ったら、食堂《しょくどう》に集合《しゅうごう》。これは、着《つ》いた時《とき》から言《い》われていたから知《し》っていたし、納得《なっとく》した。こんなだだっぴろいところに六人がばらばらに生活《せいかつ》するのだから、みんなを集《あつ》めるにはいちばん合理的《ごうりてき》な方法《ほうほう》だろう。

しかし、鐘《かね》が三回鳴《かいな》ったら、夜中《よなか》だろうが、早朝《そうちょう》だろうが、お地蔵様《じぞうさま》にお参《まい》りしなければならない、というのはどういうことだろう。

そのお地蔵様《じぞうさま》は、お城《しろ》の隅《すみ》っこにあった。

鐘楼《しょうろう》に登《のぼ》る石段《いしだん》が山の麓《ふもと》からずっと上まで続《つづ》いている。その石段《いしだん》は、片側《かたがわ》は木の柱《はしら》があって素通《すどお》しになっているが、反対側《はんたいがわ》は古《ふる》く厚《あつ》い土塀《どべい》が続《つづ》いていて、その途中《とちゅう》に奇妙《きみょう》な場所《ばしょ》があるのだ。

小さなお地蔵様《じぞうさま》は、どこにでもある素朴《そぼく》なものだが、なぜかお地蔵様《じぞうさま》の後《うし》ろが大きな鏡《かがみ》になっているのである。

お城《しろ》に入ったとき、いちばん先にお参《まい》りしたのがこのお地蔵様《じぞうさま》で、お地蔵様《じぞうさま》の後《うし》ろで自分《じぶん》が手を合《あ》わせているのを見たときはおかしな気がした。

このお地蔵様《じぞうさま》は、どうやらお城《しろ》のなかで重要《じゅうよう》な地位《ちい》を占《し》めているらしい。朝起《あさお》きたらまずお参《まい》りしてお花の水を替《か》えるし、夕食《ゆうしょく》の前《まえ》にもお参《まい》りしなければならないという。

何《なに》かいわれのあるお地蔵様《じぞうさま》なのかな。

ミチルはしげしげとお地蔵様《じぞうさま》を観察《かんさつ》した。長年風雨《ながねんふうう》に晒《さら》されてきたためか、顔《かお》がすりへって、表情《ひょうじょう》が消《き》えかかっているが、微笑《ほほえ》んでいるのは分《わ》かる。そんなに立派《りっぱ》なものだとは思《おも》えない。確《たし》かに優《やさ》しいお顔《かお》で、見ていると心《こころ》なごむものではあるけれど。

もうひとつ、理解《りかい》に苦《くる》しむルールがあった。

水路《すいろ》に花が流《なが》れてきたら、その色《いろ》と数《かず》を報告《ほうこく》すること。

最初《さいしょ》、何《なに》を言《い》われているのか全《まった》く分《わ》からなかった。

ミチルがあまりにもきょとんとしているので、蘇芳《すおう》はわざわざミチルを水路《すいろ》に連《つ》れていってくれたほどである。

その水路《すいろ》は、お城《しろ》のいちばん高《たか》いところから、中庭《なかにわ》や池《いけ》を通《とお》って麓《ふもと》へと流《なが》れていた。

幅《はば》は一メートルくらいだろうか。

「今《いま》の時期《じき》だと、花はさるすべりかな。たぶん、白い花と赤い花が流《なが》れてくる。それを見かけたら、花の色《いろ》と数《かず》、できれば順番《じゅんばん》も覚《おぼ》えておいてほしいの。最初《さいしょ》に白い花が流《なが》れてきて、そのあと赤い花がふたつ続《つづ》けて流《なが》れてきた、とかね。花を見かけた時間《じかん》と場所《ばしょ》も、書《か》いてくれるとありがたいわね。」

蘇芳《すおう》は嚙《か》んで含《ふく》めるように説明《せつめい》してくれたが、それでもミチルにはちんぷんかんぷんだった。

「なんでそんなことを？　そこに何《なん》の意味《いみ》が？」

蘇芳《すおう》は、またあの表情《ひょうじょう》をした——笑《わら》っているような、怒《おこ》っているような、いろいろな感情《かんじょう》が混《ま》じり合《あ》っている、複雑《ふくざつ》な表情《ひょうじょう》。

「意味《いみ》なんかないわ。」

蘇芳《すおう》はあっさりと答《こた》えた。

ミチルは納得《なっとく》できない。

「意味《いみ》がないのに、そんなことするの？」

「まあ、占《うらな》いみたいなものかしらね。」

蘇芳《すおう》はそっけない。違《ちが》う星《ほし》からやってきた人間《にんげん》に、地球《ちきゅう》の仕組《しく》みを教《おし》えている。

そんなあきらめみたいなものを感《かん》じたのは気のせいだろうか。

「街角《まちかど》で、特定《とくてい》の車の数《かず》を数《かぞ》えて、数《かず》が多《おお》ければ多《おお》いほどラッキーだ、みたいな占《うらな》い、やったことない？　あれと似《に》たようなものよ。花を見かけたらラッキーだと思《おも》って、やってみて。」

蘇芳《すおう》はそう言《い》って肩《かた》をすくめた。

「このノートを掲示板《けいじばん》に吊《つ》るしておくわ。ご協力《きょうりょく》、お願《ねが》いね。」

新《あたら》しいノートが、掲示板《けいじばん》の隅《すみ》に吊《つ》るされた。表紙《ひょうし》には「流花観察《りゅうかかんさつ》ノート」と書《か》かれている。

ミチルの頭《あたま》はクエスチョン・マークでいっぱいだ。

しかし、その疑問《ぎもん》は更《さら》に増《ふ》えることとなった。

ミチルは、きょろきょろと周囲《しゅうい》を見回《みまわ》す。

「で、先生は？」

今度《こんど》は他《ほか》の少女《しょうじょ》たちがきょとんとする番《ばん》だった。

「なんですって？」

「だって、林間学校《りんかんがっこう》なんでしょう？　先生はどこにいるの？　いつ来《く》るの？」

ミチルがそう尋《たず》ねると、五人の少女《しょうじょ》は顔《かお》を見合《みあ》わせた。

一瞬《いっしゅん》、彼女《かのじょ》たちは目で何《なに》かを語《かた》りあったような気がしたが、やはり代表《だいひょう》するように蘇芳《すおう》が首《くび》を振《ふ》った。

「先生は、来《こ》ないわ。」

「どうして？」

ミチルは、自分《じぶん》がこの世《よ》でいちばんの愚《おろ》か者《もの》になったような気がした。

どうして？　なんで？　ここに来《き》てから、その質問《しつもん》しかしていない。それも、あたしだけが質問《しつもん》をしていて、みんなは何《なに》もかも分《わ》かっているようなのだ。

苛立《いらだ》ちと不安《ふあん》が交互《こうご》に押《お》し寄《よ》せる。

蘇芳《すおう》は辛抱強《しんぼうづよ》く答《こた》えた。

「誰《だれ》も来《こ》ないわ。ここにいるのはあたしたちだけ。」

あの「みどりおとこ」はどうなのか、と口に出しかけたが、彼《かれ》はミチルたちを連《つ》れてきたあとは姿《すがた》を消《け》した。今現在《いまげんざい》、このお城《しろ》の中にはいないらしい。

「宿題《しゅくだい》は持《も》ってきたでしょう? ここで静《しず》かに自習《じしゅう》よ。あとは規則正《きそくただ》しく生活《せいかつ》するだけ。図書室《としょしつ》があるわ。ゆっくり本を読《よ》めば? テニスコートもあるし、ラケットもあるから、誰《だれ》かとテニスもできる。」

蘇芳《すおう》は相変《あいか》わらず落《お》ち着《つ》き払《はら》った目をして、ミチルに話《はな》しかける。

違《ちが》うのだ、とミチルは内心呟《ないしんつぶや》いた。

知《し》っているくせに。あたしが知《し》りたい答《こた》えはそんな答《こた》えじゃない。なぜあたしたちがここにいるのか。なぜここにいなければならないのか。蘇芳《すおう》はその答《こた》えを知《し》っているくせに、決《けっ》して答《こた》えようとはしないのだ。

ミチルは訴《うった》えるように蘇芳《すおう》を見たが、蘇芳《すおう》の目はミチルの疑問《ぎもん》に答《こた》える気がないことを示《しめ》していた。

ミチルは、かすかに溜息《ためいき》を洩《も》らした。これ以上粘《いじょうねば》っても無駄《むだ》だ。

「あたしたち、いつまでここにいるの？」

再《ふたた》び、少女《しょうじょ》たちがちらっと顔《かお》を見合《みあ》わせた。

焦《あせ》りと疎外感《そがいかん》。

あの視線《しせん》にはどういう意味《いみ》があるのだろう。あたしを軽蔑《けいべつ》しているの？ それとも、憐《あわ》れんでいるの？

「迎《むか》えが来《く》るまでよ。」

やはり蘇芳《すおう》が答《こた》えた。

「それはいつ？」

ミチルは疲《つか》れた声《こえ》で尋《たず》ねた。

「分《わ》からない。」

蘇芳《すおう》は静《しず》かに首《くび》を振《ふ》った。

「あたしたちは、待《ま》つだけなの。迎《むか》えが来《く》るのを待《ま》つだけ。それまでは、ここから出られない。あたしたちに選択権《せんたくけん》はないのよ。」

蘇芳《すおう》はそっと目を逸《そ》らした。

彼女《かのじょ》は前《まえ》にもここに来《き》たことがあるのだ。

突然《とつぜん》、ミチルはそう思《おも》った。

彼女《かのじょ》は初《はじ》めてではない。最初《さいしょ》は彼女《かのじょ》がしっかりしているから、何《なに》か前《まえ》もって先生か誰《だれ》かに説明《せつめい》されていて、リーダーシップを取《と》っているのかと思《おも》ったが、そうじゃない。

彼女《かのじょ》はここに来《き》た経験《けいけん》があるのだ。

なぜ？

ミチルは素朴《そぼく》に疑問《ぎもん》を覚《おぼ》えた。ここに何度《なんど》も来《く》るというのはどういうことだろう。なぜ蘇芳《すおう》のような優等生《ゆうとうせい》が。なぜあたしのように何《なに》も知《し》らないよそから来《き》た娘《むすめ》が。二人《ふたり》の共通点《きょうつうてん》は何《なん》なのか？

「いったん、解散《かいさん》にしますね。」

蘇芳《すおう》がみんなを見回《みまわ》して言《い》った。みんなが頷《うなず》いて、それぞれの部屋《へや》に引《ひ》き揚《あ》げていく。

ミチルもとぼとぼと自分《じぶん》の部屋《へや》に戻《もど》った。似《に》たような景色《けしき》なので迷《まよ》うかと思《おも》ったが、石灯籠《いしどうろう》や動物《どうぶつ》の置《お》き物《もの》を目印《めじるし》に、なんとか戻《もど》れそうだった。

「あなた、転校《てんこう》してきたばかりなんだってね。どう、具合《ぐあい》は。」

突然《とつぜん》、後《うし》ろから声《こえ》を掛《か》けられてびくんと背筋《せすじ》を伸《の》ばした。振《ふ》り向《む》くと、あの背《せ》の高《たか》い、涼《すず》しげな顔《かお》をした女の子だ。

「具合《ぐあい》？」

挨拶《あいさつ》するより前《まえ》に、またしてもミチルはきょとんとしていた。

彼女《かのじょ》は「あ。」と呟《つぶや》き、苦笑《にがわら》いすると、小さく手を振《ふ》った。

「そりゃあ、やってらんないよね、いきなりこんなところにはるばる連《つ》れてこられちゃってさ。」

明《あき》らかに、まずいことを言《い》った、という様子《ようす》だった。

気を取《と》り直《なお》すように笑《わら》い掛《か》けてくる。

「あ、あたし、斉木加奈《さいきかな》。よろしくね。」

「大木《おおき》ミチルです。」

そういえば、まだ自己紹介《じこしょうかい》をしていなかったのだ。

ミチルはしどろもどろに名乗《なの》ると頭《あたま》を下げた。

「佐藤蘇芳《さとうすおう》と同《おな》じクラスなんだってね。あたし、一個上《いっこうえ》。」

「先輩《せんぱい》なんですね。」

ミチルはまたしても慌《あわ》てて頭《あたま》を下げた。てっきりみんな同《おな》い年《どし》だと思《おも》っていたのだ。

「うん、あのおさげのちっちゃい子と同《おな》じ学校。」

「三中じゃないんですか。」

「うん、あたしたち五中。あの子は稲垣孝子《いながきたかこ》っていうの。」

他《ほか》の学校だというのも、考《かんが》えもしなかった。

ミチルはますます内心首《ないしんくび》をひねらざるを得《え》なかった。

つまり、夏流《かなし》じゅうから生徒《せいと》が集《あつ》まっている林間学校《りんかんがっこう》だということか。それがたったの六人というのはおかしくないだろうか。何《なに》かの基準《きじゅん》で選《えら》ばれているのだとすれば、その条件《じょうけん》はかなり厳《きび》しいことになる。

「あたしの部屋《へや》、あの窓《まど》の外《そと》にひまわりが咲《さ》いてるとこ。よかったら、遊《あそ》びに来《き》て。」

「はい、ありがとうございます。」

加奈《かな》は手を振《ふ》って離《はな》れていった。

きつい印象《いんしょう》を与《あた》える子だが、話《はな》すと意外《いがい》に気さくで、面倒見《めんどうみ》のいい感《かん》じだ。

加奈《かな》の行《ゆ》く手《て》を見ると、確《たし》かに、大きなひまわりが三本ばかり咲《さ》き誇《ほこ》っているところに、レースのカーテンのかかった窓《まど》がある。

あの人にぴったりだな、ひまわりって。

そんなことを考《かんが》えた。

ミチルはいったん部屋《へや》に戻《もど》ってのろのろと荷《に》ほどきをしたが、胸《むね》は不安《ふあん》と疑問《ぎもん》ではちきれんばかりだった。

部屋《へや》を出て、ゆっくりと日の傾《かたむ》き始《はじ》めた空を見つつ、あてどもなく歩《ある》き回《まわ》る。

誰《だれ》かに会《あ》うこともなく、ぶらぶらしていると、あの鏡《かがみ》の前《まえ》のお地蔵様《じぞうさま》が見えた。

オレンジ色《いろ》の光《ひかり》に照《て》らされた自分《じぶん》が、お地蔵様《じぞうさま》の向《む》こうに映《うつ》っている。

やっぱり、鏡《かがみ》があるのってヘンだよね。
ミチルはゆっくりとお地蔵様《じぞうさま》に近《ちか》づいていった。鏡《かがみ》の奥《おく》から、自分《じぶん》が近《ちか》づいてくる。
お地蔵様《じぞうさま》の前《まえ》にしゃがみ、穏《おだ》やかに微笑《ほほえ》むその顔《かお》を覗《のぞ》き込《こ》む。
いったいどうなってるんでしょうね。あたしはなんでここにいるんでしょう。
その顔《かお》に向《む》かって心《こころ》のなかで話《はな》し掛《か》けてみるが、むろん返事《へんじ》などあるはずもない。

が、声《こえ》がした。

ミチルは膝《ひざ》の上から顔《かお》を上げた。
お地蔵様《じぞうさま》の向《む》こうに、ひきつった顔《かお》の自分《じぶん》が見える。
ミチルは思《おも》わず立ち上がってしまった。

あたし、気が変《へん》になってしまったんだろうか。

周囲《しゅうい》を見回《みまわ》し、唾《つば》を呑《の》みこみ、必死《ひっし》に耳を澄《す》ました。

きっと、聞《き》き間違《まちが》いに違《ちが》いない。虫の声《こえ》とか、何《なに》か別《べつ》のものを人間《にんげん》の声《こえ》だと勘《かん》違《ちが》いしたんだ。

改《あらた》めて、じっと周囲《しゅうい》の様子《ようす》を窺《うかが》う。

虫の声《こえ》はするけれど、遠《とお》くの草むらからだし、はっきりと聞《き》き取《と》れる。

しかし、今聞《いまき》こえてくるこの不気味《ぶきみ》な低《ひく》い声《こえ》は——

ミチルは思《おも》わず後《あと》ずさりをしていた。

その声《こえ》は、鏡《かがみ》の向《む》こうから——確《たし》かに、お地蔵様《じぞうさま》の後《うし》ろにある、古《ふる》い土塀《どべい》の中から聞《き》こえてくるのだった。

第四章　流《なが》れる花を数《かぞ》える

こんなふうに、いささか釈然《しゃくぜん》としない形《かたち》でミチルの夏流城《かなしろ》での林間学校《りんかんがっこう》は始《はじ》まった。

朝《あさ》は、自然《しぜん》と目が覚《さ》める。

家《いえ》にいる時《とき》は、何度《なんど》もしつこくお母《かあ》さんが起《お》こしに来《こ》ないと絶対《ぜったい》に起《お》きられないのに、なぜかここでは早くに目を覚《さ》ましてしまう。

不思議《ふしぎ》だなあ、とミチルは思《おも》った。

家《いえ》だとあんなに朝起《あさお》きるのがつらくてたまらないのに、どうしてここだと目が覚《さ》めちゃうんだろう。

ベッドの上に起《お》き上《あ》がり、大きく伸《の》びをする。

既《すで》に窓《まど》の外《そと》は明《あか》るく、開《ひら》けた空間《くうかん》の気配《けはい》。

この、がらんとした空気のせいだろうか。広《ひろ》いところにぽつんと一人《ひとり》でいるという孤独《こどく》が——そのかすかな不安《ふあん》が、本能的《ほんのうてき》に目を覚《さ》まさせるのかもしれない。

それに、ここでは誰《だれ》も起《お》こしになど来《き》てくれない。

みんな、それぞれ起《お》き出《だ》してきて、「オハヨ。」と挨拶《あいさつ》をするだけで、黙々《もくもく》と朝食《ちょうしょく》の準備《じゅんび》。

最初《さいしょ》、蘇芳《すおう》が食事《しょくじ》は当番制《とうばんせい》、と言《い》っていたが、二日《ふつか》もすると、なんとなく全員《ぜんいん》集《あつ》まってきて、結局《けっきょく》、毎回《まいかい》みんなで食事《しょくじ》の準備《じゅんび》をすることで落《お》ち着《つ》いてしまった。

なんだか分《わ》からないままいつのまにか林間学校《りんかんがっこう》が始《はじ》まっていて、その淡々《たんたん》としたスケジュールの中に組《く》み込《こ》まれてしまった、というのがミチルの実感《じっかん》だった。

お城《しろ》の中を移動《いどう》する時《とき》に、ミチルはチラリとあの場所《ばしょ》に目をやらずにはいられなかった。

決《けっ》して一人《ひとり》では行《い》こうと思《おも》わない場所《ばしょ》。

お地蔵様《じぞうさま》のある、あの少《すこ》し不気味《ぶきみ》な場所《ばしょ》。

あの時《とき》、土塀《どべい》の中から聞《き》こえてきた声《こえ》については、時間《じかん》が経《た》つにつれ、やはり何《なに》かの聞《き》き間違《まちが》いだったのだと考《かんが》えるようになっていった。初日《しょにち》で、あまりにも緊張《きんちょう》して疲《つか》れていたので、そんなものを聞《き》いたような気がしたのだ、と。

いろいろ引《ひ》っかかることはあったけれど、それさえ除《のぞ》けば、いたって長閑《のどか》で退屈《たいくつ》と言《い》ってもいい毎日《まいにち》だった。

五人の少女《しょうじょ》たちは、最初《さいしょ》はとっつきにくいところもあると感《かん》じたが、毎日少《まいにちすこ》しずつ言葉《ことば》を交《か》わすようになると、皆感《みなかん》じがよかった。

ミチルが感心《かんしん》したのは、誰《だれ》もが大人《おとな》びていることだった。

むろん、自然《しぜん》とリーダー役《やく》になった佐藤蘇芳《さとうすおう》がいちばん落《お》ち着《つ》いていたが、他《ほか》の四人もしっかりしていて、食事当番《しょくじとうばん》を一緒《いっしょ》にしても、皆《みな》慣れていて料理《りょうり》も上手だった。いつも母親任《ははおやまか》せにしていてロクに手伝《てつだ》いをしたことがなかったミチルがいちばんの足手まといだったが、皆包丁《みなほうちょう》さばきから煮炊《にた》きまで丁寧《ていねい》に教《おし》えてくれたので、元々器用《もともときよう》なほうだったミチルは、少《すこ》しずつ料理《りょうり》を覚《おぼ》えていった。

少女《しょうじょ》たちは皆《みな》、示《しめ》し合《あ》わせたかのように、午前中《ごぜんちゅう》をひとりで過《す》ごす。午後《ごご》は少《すこ》しお喋《しゃべ》りをしたり、テニスをしたりもするが、総《そう》じて控《ひか》え目《め》に暮《く》らしていた。こんな広《ひろ》いところに六人しかいないのに、誰《だれ》かが聞《き》き耳《みみ》を立てているかのように、話《はな》す時《とき》は声《こえ》を低《ひく》めていたし、はしゃいだり騒《さわ》いだりということもしなかった。

自然《しぜん》とミチルもみんなに合《あ》わせておとなしくしていた。ミチル自身《じしん》、本を読《よ》んだりしてひとりで過《す》ごすことは嫌《きら》いではなかったので、この不思議《ふしぎ》なバランスの取《と》れた生活《せいかつ》にやがて馴染《なじ》んだ。

最初《さいしょ》に声《こえ》を掛《か》けてくれた斉木加奈《さいきかな》は、バレーボールの選手《せんしゅ》だったが、膝《ひざ》を故《こ》障《しょう》しているので、今年《ことし》の夏《なつ》は練習《れんしゅう》や合宿《がっしゅく》には参加《さんか》していないという。加奈《かな》は、スポーツ万能《ばんのう》でありながら、結構内向的《けっこうないこうてき》なところがあり、気さくであるのと同時《どうじ》に、同《おな》じくらい神経質《しんけいしつ》なところもあるのに驚《おどろ》かされた。その癖《くせ》、自分《じぶん》の神経質《しんけいしつ》な部分《ぶぶん》を見せるのがとても嫌《いや》なようで、そんなときは、くどいくらいに謝《あやま》るのだった。

加奈《かな》と同《おな》じ五中だという稲垣孝子《いながきたかこ》は、加奈《かな》と同学年《どうがくねん》で（クラスは違《ちが》うそうだ。）見た目に反《はん》して将棋《しょうぎ》が趣味《しゅみ》という渋《しぶ》い子だった。色白《いろじろ》で小柄《こがら》でいかにも女の子、という外見《がいけん》とは裏腹《うらはら》に、理詰《りづ》めでものを考《かんが》えるタイプである。部屋《へや》でもよく将棋《しょうぎ》盤《ばん》を前《まえ》に、詰《つ》め将棋《しょうぎ》の問題《もんだい》を解《と》いていた。

ミチルも将棋《しょうぎ》を教《おし》えてもらった。なんとか駒《こま》を並《なら》べられるようになったし、ルールも覚《おぼ》えたが、全然孝子《ぜんぜんたかこ》には太刀《たち》打《う》ちできなかった。

眼鏡《めがね》をかけたおかっぱの女の子は塚田憲子《つかだのりこ》。一中。やはり一歳《さい》上だ。こちらもまた、一見堅苦《いっけんかたくる》しい外見《がいけん》と堅苦《かたくる》しい名前《なまえ》とは裏腹《うらはら》に、どちらかといえば磊落《らいらく》で自《じ》由人《ゆうじん》。林間学校《りんかんがっこう》での規則《きそく》は守《まも》っていたが、あとは放《ほう》っておいてくれ、というタイプだ。彼女《かのじょ》はよく中庭《なかにわ》のベンチに長々《ながなが》と寝《ね》そべって、広《ひろ》げた本を顔《かお》の上に置《お》いて居眠《いねむ》りをしていた。広《ひろ》げているのは、ミチルが名前《なまえ》すら知《し》らない、フランスやイギリスの作家《さっか》の本だ。

もうひとりの眼鏡《めがね》の長髪《ちょうはつ》の女の子は、辰巳亜季代《たつみあきよ》。

他《ほか》の五人は公立中学《こうりつちゅうがく》の子だったが、ひとり、私立《しりつ》のミッション系《けい》の学校から来《き》た、おっとりとしていかにもいいところのお嬢《じょう》さんという感《かん》じだった。

彼女《かのじょ》がいちばん歳上《としうえ》で、受験《じゅけん》の年齢《ねんれい》だったが、エスカレーター式《しき》で高校《こうこう》まで上がれるので、特《とく》に受験勉強《じゅけんべんきょう》はしなくてよいらしい。そのせいか、歳上《としうえ》なのにどことなく苦労《くろうし》知らずであどけないイメージがあり、いかにもお姉《ねえ》さんという雰囲気《ふんいき》なのに、その癖《くせ》、みんなが世話《せわ》を焼《や》きたくなるようなところがあった。

ミチルは、昔《むかし》から女のきょうだいが欲《ほ》しいと思《おも》っていたので、亜季代《あきよ》に対《たい》して、こんなお姉《ねえ》さんがいたらいいのに、と思《おも》うようになった。


「ミチルちゃんは将来何《しょうらいなに》になりたいの？」

亜季代《あきよ》と話《はな》していると、しばしば彼女《かのじょ》は同《おな》じ質問《しつもん》をした。

「亜季代《あきよ》ちゃん、その話《はなし》、こないだもしたよー。」

ミチルがあきれてそう言《い》うと、亜季代《あきよ》は「えー、そうだったかしらあ。」とおっとり首《くび》をひねるのだった。

「あたし、パイロットになりたい。」

「へえー、凄《すご》いわあ、ミチルちゃん。勇気《ゆうき》あるわねえ。」

その都度《つど》、亜季代《あきよ》はしっかり驚《おどろ》いて、しっかり感心《かんしん》してくれるので、ミチルも気をよくするのだった。

「世界中《せかいじゅう》を飛《と》び回《まわ》りたいな。あの、機長《きちょう》の挨拶《あいさつ》っていうのをやるのが夢《ゆめ》なの。こちらは機長《きちょう》の大木《おおき》ミチルです。本日の天候《てんこう》は快晴《かいせい》。下に間《ま》もなく富士山《ふじさん》が見えてまいります——。」

亜季代《あきよ》が「きゃっ。」と手を叩《たた》く。

「カッコいいわねえ。あたし、ミチルちゃんが機長《きちょう》の飛行機《ひこうき》、乗《の》りたいな。ミチルちゃんがアナウンスしたら、機長《きちょう》はあたしのお友達《ともだち》なのよって周《まわ》りの人に自《じ》慢《まん》するわ。」

「亜季代《あきよ》ちゃんは何《なに》になりたいの？」

「じゃあ、あたし、ミチルちゃんが機長《きちょう》の飛行機《ひこうき》のキャビンアテンダントになる。」

「このあいだはお花の先生って言《い》ってたじゃない。」

「だって、ミチルちゃんと旅《たび》するほうが面白《おもしろ》そうなんだもん。」

亜季代《あきよ》との会話《かいわ》はえてしてこんな感《かん》じで、加奈《かな》などは「あー、すげーイライラする。」と匙《さじ》を投《な》げることもあったが、亜季代《あきよ》はいつもニコニコ笑《わら》っていて、手芸《しゅげい》が趣味《しゅみ》らしく、毛糸《けいと》と編《あ》み棒《ぼう》を手放《てばな》さず、セーターを編《あ》んでいた。

「あんた、このクソ暑《あつ》いのに毛糸《けいと》いじってて暑苦《あつくる》しくない？」

加奈《かな》がからかうと、「ううん、あたし、冷《ひ》え性《しょう》だから。」と取《と》り合《あ》わない。

距離《きょり》を置《お》きつつも、六人のあいだに連帯感《れんたいかん》が生まれていた。

しかし、そのなかで、佐藤蘇芳《さとうすおう》はやはり超然《ちょうぜん》としていた。

「——佐藤蘇芳《さとうすおう》って凄《すご》いね。」

しばしば、加奈《かな》がそう言《い》った。

「うん、凄《すご》い優等生《ゆうとうせい》らしいよ。」

「知《し》ってる。あいつ、昔《むかし》からああだったもん。」

加奈《かな》は、以前《いぜん》から蘇芳《すおう》のことを知《し》っていたようだった。

「昔《むかし》から、あんな優等生《ゆうとうせい》だったの？」

加奈《かな》は大きく頷《うなず》く。

「なんでもできて、いつもいちばんだった。だけど、蘇芳《すおう》が凄《すご》いのは、完璧《かんぺき》に自分《じぶん》の感情《かんじょう》をコントロールできるところ。最近《さいきん》、ますますだよね。」

加奈《かな》はそれが不満《ふまん》そうである。

「まあ、仕方《しかた》ないよね——性格《せいかく》だろうし——無理《むり》もないか。」

もごもごと口の中で言葉《ことば》を飲《の》み込《こ》むのは、どうやらミチルに気を使《つか》っているらしい。

「無理《むり》もないって、どうして？」

「出たよ、ミチルの『どうして』攻撃《こうげき》が。」

加奈《かな》が顔《かお》をしかめる。

「だって、みんな何《なに》も教《おし》えてくれないんだもん。」

「いいのよ、知《し》らなくて。あたしだってよく知《し》らないし。」

「嘘《うそ》。何《なに》か秘密《ひみつ》があるんでしょ。」

「秘密《ひみつ》なんかないよ。」

「じゃあ、どうしてこの六人なの？　夏流《かなし》に中学生はいっぱいいるのに、どうしてあたしたちだけ夏流城《かなしろ》にいるの？」

ミチルは思《おも》い切《き》って加奈《かな》に迫《せま》った。

しかし、そのときの加奈《かな》の表情《ひょうじょう》を見てどきっとする。

それは、神経質《しんけいしつ》なときの加奈《かな》が見せる、ひどく痛々《いたいた》しく、惨《みじ》めさすら感《かん》じられる表情《ひょうじょう》だった。

「ごめん。」

ミチルは反射的《はんしゃてき》に謝《あやま》ってしまった。まるで、自分《じぶん》が加奈《かな》をいじめたような気分《きぶん》になったからだ。

すると、加奈《かな》のほうがぎょっとした顔《かお》をした。自分《じぶん》が弱《よわ》い顔《かお》を見せてしまったと気づき、自己嫌悪《じこけんお》に陥《おちい》ったらしい。

加奈《かな》はミチルにごつん、と頭《あたま》をぶつけてきた。

「ミチルが謝《あやま》ることないよ。ごめんね、説明《せつめい》してあげられなくって。ごめん。でも、ほんとに秘密《ひみつ》なんてないんだよ。ほんとだよ——ただ、見た目通《どお》りのことがあるだけなんだ。」

ミチルは、さすがに「見た目通《どお》りのことって？」とは聞《き》き返《かえ》せなかった。

加奈《かな》が本当《ほんとう》にどう説明《せつめい》したらいいのか分《わ》からず困惑《こんわく》しているということと、嘘《うそ》をついてはいないというのが彼女《かのじょ》の髪《かみ》の毛《け》の感触《かんしょく》の向《む》こうからひたひたと伝《つた》わっ

てきたからだ。

ミチルはふと、恐《おそ》ろしくなった。


見た目通《どお》りのこと。

この長閑《のどか》で淡々《たんたん》とした奇妙《きみょう》な日常《にちじょう》。これが見た目通《どお》りというのなら、あたしが見ている見た目とみんなが見ている見た目は異《こと》なっているのかもしれない。あたしは何《なに》も見ていないのかもしれない。たったひとり、みんなと違《ちが》うものを見ているのかもしれない――

見た目通《どお》りのこととは――

ここ、夏流城《かなしろ》とはいったい何《なん》なんだろう？


考《かんが》えないほうがいい、とミチルは疑問《ぎもん》を押《お》し殺《ころ》した。

きっと、加奈《かな》の言《い》う通《とお》り、何《なに》も考《かんが》えずに淡々《たんたん》と過《す》ごしていけばよいのだ。こうして感《かん》じのいい女の子たちとひと夏《なつ》を過《す》ごせばいい。ミチルは少《すこ》しずつ、疑問《ぎもん》の答《こた》えを見つけることをあきらめていったのだった。

「ねえ、花火やらない?」

夕食《ゆうしょく》のあと、亜季代《あきよ》が言《い》い出《だ》した。

「花火ぃ?」

加奈《かな》が目をむいてみせる。

他《た》の三人も、「花火」という言葉《ことば》に反応《はんのう》するのが分《わ》かった。

「あんた、花火なんか持《も》ってきたの?」

「うん。みんなでやろうと思《おも》って。」

亜季代《あきよ》はニコニコと微笑《ほほえ》んでいる。

「よくそんなもの持《も》ち込《こ》めたわね。」

「あたし、冷《ひ》え性《しょう》だから、ポケットカイロと一緒《いっしょ》に詰《つ》めてきたの。」

亜季代《あきよ》はどことなく得意《とくい》そうだ。

加奈《かな》が苦笑《くしょう》した。

「なるほど。」

「花火持《も》ってくるなんて、思《おも》いつかなかったなあ。」

憲子《のりこ》が呟《つぶや》いた。

「あたしも。まさかここで花火なんて、ね。」

孝子《たかこ》も憲子《のりこ》を見て頷《うなず》く。

「だけどさ、普通《ふつう》、花火って帰《かえ》る前《まえ》の日とかにやらない?」

ミチルが首《くび》をかしげると、みんながハッとした表情《ひょうじょう》になった。

「え。」

どことなく青ざめた顔《かお》のみんなを、ミチルは不思議《ふしぎ》そうに見回《みまわ》した。

「だって、まだ七月だし。花火って、夏休《なつやす》みの終《お》わり頃《ごろ》にやるものだって思《おも》ってたんだけど。」

あたし何《なに》かおかしなこと言《い》ったかしら？

ミチルは漠然《ばくぜん》とした不安《ふあん》が込《こ》み上《あ》げてくるのを感《かん》じた。

何《なに》？　花火の時期《じき》の話《はなし》よね？

「まあまあ、いいじゃない。いつやったって。」

加奈《かな》が陽気《ようき》な――しかし、どこかわざとらしい笑《わら》い声《ごえ》を上《あ》げる。

「そうそう、いつやったっていいの。」

亜季代《あきよ》は相変《あいか》わらずニコニコしている。泰然自若《たいぜんじじゃく》とはこのことだ。

「あたし、線香花火《せんこうはなび》しか持《も》ってこなかったの。」

今度《こんど》は不満《ふまん》の声《こえ》が上がる。

「地味《じみ》っ。もうちょっと景気《けいき》のいいのなかったの。ロケット花火とかさ。」

そう言《い》いかけて、加奈《かな》は「あ。」と口をつぐんだ。

「景気《けいき》がいいどころじゃなかったか。」

なんだか変《へん》な会話《かいわ》だな。

ミチルはどこかで違和感《いわかん》を覚《おぼ》えたが、花火をやる、という興奮《こうふん》のほうが勝《まさ》っていたのか、すぐにそのことを忘《わす》れてしまった。

「ねっ、やりましょやりましょ。いいでしょ、蘇芳《すおう》。」

亜季代《あきよ》は食器《しょっき》を拭《ふ》いている蘇芳《すおう》に声《こえ》を掛《か》ける。

なんとなく、蘇芳《すおう》にお伺《うかが》いを立てたくなる気持《きも》ちはよく分《わ》かる。

蘇芳《すおう》はちらっとみんなを見回《みまわ》す。

ダメって言《い》うかな、とミチルが思《おも》った時《とき》、蘇芳《すおう》はニッと笑《わら》った。

「いいんじゃない。やりましょうよ。」

「わあい。」

「ただし、土間《どま》でね。ちゃんと消火用《しょうかよう》のバケツも用意《ようい》しないと。」

「はーい。」

みんなで歓声《かんせい》を上げて準備《じゅんび》にかかる。

林間学校《りんかんがっこう》のはじめに花火をするなんて、しかも線香花火《せんこうはなび》だなんて、もったいないような、せっかちなような。

ミチルはバケツに水を汲《く》みながらも、まだ内心首《ないしんくび》をひねっていた。

でも、確《たし》かに、いつやったっていいんだよね。うん、なんだか林間学校《りんかんがっこう》っぽくなってきたぞ。

久《ひさ》しぶりに、気持《きも》ちが浮《う》き立《た》つのが分《わ》かる。

食堂《しょくどう》を出たところの、土間《どま》になったスペースに集《あつ》まった。

水の入ったバケツの脇《わき》に小皿《こざら》を置《お》き、中にロウソクを立て、マッチをすって火を点《つ》ける。

パッと明《あか》るい炎《ほのお》が膨《ふく》らんだ。

火を点《つ》ける。たったそれだけのことが、こんなにわくわくすることだなんて。

しかも、なんだかいけないことをしているような気持《きも》ちになるなんて。

ロウソクの揺《ゆ》れる炎《ほのお》に照《て》らし出《だ》されるみんなの顔《かお》が、不思議《ふしぎ》な興奮《こうふん》で輝《かがや》いていた。炎《ほのお》を囲《かこ》む一体感《いったいかん》。

線香花火《せんこうはなび》が配《くば》られ、手がロウソクの上に次々《つぎつぎ》と差《さ》し出《だ》される。

赤紫色《あかむらさきいろ》の紙切《かみき》れがパッと燃《も》え上《あ》がり、それからしゅっと光《ひかり》の束《たば》が走《はし》り、その中からちろちろと卵《たまご》の黄身《きみ》のようなかたまりが姿《すがた》を現《あらわ》す。

暗《くら》がりの中に、そこここでレース編《あ》みの模様《もよう》みたいなかぼそい光《ひかり》の線《せん》が弾《はじ》けている。

きれーい、と歓声《かんせい》が上《あ》がった。

ジッと息《いき》を止《と》め、卵《たまご》の黄身《きみ》が落《お》ちないようにひたすら見守《みまも》る。

どんなに静《しず》かにしていても、やがて必《かなら》ず、ぽとりとそれは落《お》ちてしまう。

「はあー、なんで線香花火《せんこうはなび》ってさみしくなっちゃうんだろ。」

ミチルが溜息《ためいき》混じりに独《ひと》り言《ごと》を言《い》うと、亜季代《あきよ》がニコッと笑《わら》った。

「帰《かえ》っちゃうからじゃない？」

「帰《かえ》っちゃう？　誰《だれ》が？」

加奈《かな》が口を挟《はさ》む。

「――もうこの世《よ》にいない人。」

亜季代《あきよ》はニコニコしたままふわりと呟《つぶや》いた。

みんながハッと息《いき》を呑《の》んだ。

亜季代《あきよ》は笑顔《えがお》を崩《くず》さない。

「だって、お盆《ぼん》に提灯灯《ちょうちんとも》したり、送《おく》り火《び》したり、精霊流《しょうりょうなが》ししたりするのって、みんなこの世《よ》にいない人をお迎《むか》えして、見送《みおく》るためでしょ。」

亜季代《あきよ》はどこか楽《たの》しそうにも聞《き》こえる声《こえ》で続《つづ》ける。

「そもそも、ずっと昔《むかし》から続《つづ》いてるような花火大会《はなびたいかい》って、どれもみんな亡《な》くなった人のお弔《とむら》いのためにやってるんでしょ。」

「えっ、そうなの？」

孝子《たかこ》が驚《おどろ》いたように顔《かお》を上《あ》げた。

「うん。東京《とうきょう》のほうでも、両国《りょうごく》とか、隅田川《すみだがわ》なんかで、毎年《まいとし》お盆《ぼん》の頃《ころ》に有名《ゆうめい》な花火大会《はなびたいかい》があるじゃない？　あれって、どれも戦争《せんそう》とか、災害《さいがい》とかで、大勢《おおぜい》の人が亡《な》くなったあとに、供養《くよう》のために始《はじ》まったんですって。」

「へえー。知《し》らなかった。」

「だから、夏《なつ》に花火をするのは、正しいのよ。お盆《ぼん》があるんだもん。」

「そういう話聞《はなしき》くと、なんだか花火の見方《みかた》が変《か》わるね。」

憲子《のりこ》がしげしげと手に持《も》った線香花火《せんこうはなび》に見入った。

「そう。ミチルちゃん、花火が消《き》えてさみしいのは、正しいの。誰《だれ》かが帰《かえ》っちゃうのを見送《みおく》ってるんだから。」

亜季代《あきよ》も、自分《じぶん》の手元《てもと》でちりちりと震《ふる》えている卵《たまご》の黄身《きみ》を眺《なが》めている。

みんなが、じっと黙《だま》り込《こ》み、自分《じぶん》の手元《てもと》で燃《も》えている光《ひかり》を見つめていた。

ぽとり、ぽとり、と音も無《な》く、次々《つぎつぎ》と落《お》ちて消《き》える。

虫の声《こえ》がそこここから響《ひび》いてくるのとは対照的《たいしょうてき》に、みんなはじっと沈黙《ちんもく》を共有《きょうゆう》していた。

決《けっ》して気詰《きづ》まりではない、心地《ここち》よいといってもいいほどの沈黙《ちんもく》を。

濃密《のうみつ》な夜《よる》の真《ま》っ暗《くら》な世界《せかい》の隅《すみ》っこで、身《み》を寄《よ》せるように線香花火《せんこうはなび》をしているあたしたち。

辺《あた》りはどろりとした闇《やみ》で、目を凝《こ》らしても何《なに》も見えない。

ミチルはふと、ここに来《こ》られてよかったのかもしれない、と思《おも》った。

こうしてみんなとこんな時間《じかん》を共有《きょうゆう》できたことが、なんだかとてもいい感《かん》じがする。

この夏《なつ》を、これからもこんなふうに穏《おだ》やかに過《す》ごしていくんだ、とミチルは虫の声《こえ》を聞《き》きながらぼんやりと考《かんが》えていた。

にもかかわらず、やはり気になることは起《お》きる。

ミチルが、初《はじ》めて水路《すいろ》を流《なが》れる花を見たのは林間学校《りんかんがっこう》が始《はじ》まって一週間目《しゅうかんめ》のことだった。

規則正《きそくただ》しい生活《せいかつ》と、皆《みな》のストイックな生活《せいかつ》に感化《かんか》され、宿題《しゅくだい》だけは順調《じゅんちょう》に消化《しょうか》していた。

しかし、この日はどうしてもやる気がせず、ミチルは窓辺《まどべ》でぼんやり頬杖《ほおづえ》を突《つ》き、開《ひら》いた問題集《もんだいしゅう》の真《ま》っ白《しろ》なページを無視《むし》したまま、だらしなく時間《じかん》をやり過《す》ごしていた。

ずっといい天気が続《つづ》いていたのに、今日《きょう》はどんよりと曇《くも》り、湿度《しつど》は高《たか》く、じっとしているだけでじっとりと汗《あせ》がにじんでくる。こんな天気で数学《すうがく》の問題《もんだい》なんて考《かんが》えられるものではない。

ミチルはそう自分《じぶん》に言《い》い訳《わけ》して、ぺたんと机《つくえ》の上に突《つ》っ伏《ぷ》した。問題集《もんだいしゅう》のページがおでこに張《は》り付《つ》いて、湿《しめ》っている。

きっと、低気圧《ていきあつ》が近《ちか》づいているのだろう。他《ほか》のみんなも朝《あさ》からどんよりしていて、亜季代《あきよ》などは「頭痛《ずつう》がする。」と言《い》って、ご飯《はん》もろくに食《た》べずに自分《じぶん》の部屋《へや》に引《ひ》き揚《あ》げてしまった。

あたしだけじゃない。きっと、他《ほか》のみんなもだらだらしてるはず。

そう考《かんが》えてから、一部《いちぶ》考《かんが》え直《なお》す。

蘇芳《すおう》は違《ちが》うかもしれないけど。


佐藤蘇芳《さとうすおう》が、部屋《へや》のなかで、黙々《もくもく》と宿題《しゅくだい》をやっているところが目に浮《う》かんだ。

もっとも、まだ自分《じぶん》が蘇芳《すおう》の部屋《へや》に入れてもらったことがないことに気付《きづ》いた。

他《ほか》の子の部屋《へや》は、ひと通《とお》り訪《たず》ねていったというのに——あの個人主義《こじんしゅぎ》の憲子《のりこ》ですら、部屋《へや》に入れてくれたというのに。

なぜか胸《むね》のどこかが鈍《にぶ》く痛《いた》んだ。

加奈《かな》たちは、蘇芳《すおう》の部屋《へや》に入ったことがあるのかな。

そんなことをいじいじと考《かんが》える。

汗《あせ》の感触《かんしょく》が気持《きも》ち悪《わる》くなって、勢《いきお》いよく起《お》き上《あ》がった。

窓《まど》の外《そと》の池《いけ》も、どんよりと重《おも》たい緑色《みどりいろ》である。

そこを、すうっと白いものが横切《よこぎ》ったのだ。

ミチルはハッとした。

水鳥《みずとり》かと思《おも》ったが、よく見ると、純白《じゅんぱく》の花が水に浮《う》かんで、ゆらゆらと動《うご》いている。

そのときまで、ミチルはすっかり「流花観察《りゅうかかんさつ》ノート」のことを忘《わす》れていた。

毎日《まいにち》、食堂《しょくどう》に行《い》ったとき、視界《しかい》の隅《すみ》に感《かん》じてはいたものの、意味《いみ》を持《も》って迫《せま》ってきたことはなかったのだ。

あれは――流《なが》れる花？　あれが？

ミチルは立ち上がっていた。

窓《まど》から身《み》を乗《の》り出《だ》し、花が流《なが》れてきた方向《ほうこう》と、流《なが》れていく方向《ほうこう》を観察《かんさつ》する。それまで気付《きづ》かなかったけれど、山の上から流《なが》れてくる水路《すいろ》は、幾《いく》つかに枝分《えだわ》かれして、あちこちの池《いけ》に注《そそ》ぎこんでいるのだ。

だから、全《まった》く動《うご》きのない池《いけ》だと思《おも》っていたが、中には緩《ゆる》やかな流《なが》れもあって、そこに何《なに》かが乗《の》ってくると、こうして池《いけ》の中を移動《いどう》しているのが見えるのだった。

へえ。本当《ほんとう》に、花が流《なが》れてくるんだ。

白い花は、造《つく》り物《もの》のように白く輝《かがや》いていた。

他《ほか》にも流《なが》れてくるかと思《おも》ったが、後《あと》に続《つづ》く気配《けはい》はなかった。

ひとつだけ、白い花がぽつんと池《いけ》の上を滑《すべ》っていく。

じっと見送《みおく》っていると、花は池《いけ》の出口に辿《たど》り着《つ》いた。池《いけ》の隅《すみ》に五十センチほど切《き》れたところがあって、そこから小さな小さな滝《たき》となって下の水路《すいろ》に水が落《お》ち込《こ》んでいるのだ。

花はしばらく出口で引《ひ》っ掛《か》かっていたが、やがてあきらめたように小さな落差《らくさ》を落《お》ちてゆき、すぐに下の水路《すいろ》に乗《の》って見えなくなった。
ミチルは、なぜかほっと安堵《あんど》の溜息《ためいき》をついていた。
時計《とけい》を見て時間《じかん》を確認《かくにん》すると、急《いそ》いで食堂《しょくどう》に向《む》かった。
食堂《しょくどう》は無人《むじん》だった。
そっと掲示板《けいじばん》に近《ちか》づき、ノートを手に取《と》る。
開《ひら》いてみると、既《すで》に何《なん》ページも書《か》き込《こ》まれていたことにまず驚《おどろ》く。
午前《ごぜん》八時過《じす》ぎ。カメの置《お》き物《もの》の前《まえ》。赤、白、白。（斉木《さいき》）
午後《ごご》一時半頃《じはんごろ》。稲垣《いながき》の部屋《へや》の前《まえ》。赤、赤、白、白。（稲垣《いながき》）
午後《ごご》四時《じ》二十分頃《ぷんごろ》。テニスコート脇《わき》。白、赤、赤、赤。（斉木《さいき》・佐藤《さとう》）

なるほど、カッコ内《ない》は、目撃《もくげき》した人の名前《なまえ》らしい。

こんなふうに花は流《なが》れてくるのか。

隅々《すみずみ》まで見てみたが、ひとつだけ、というのは記述《きじゅつ》がない。

ミチルは不安《ふあん》になる。

本当《ほんとう》は、他《ほか》にもいくつか流《なが》れてきていたのだろうか？　あたしが気が付《つ》かなかっただけでは？

でも、確《たし》かにひとつしか流《なが》れてこなかった。

自分《じぶん》が見たものを信《しん》じよう。きちんと書《か》かなくちゃ。

ミチルは、一緒《いっしょ》にぶら下がっているボールペンで書《か》き込《こ》んだ。

午前《ごぜん》十時《じ》十分頃《ぷんごろ》。大木部屋前《おおきへやまえ》の池《いけ》。白。（大木《おおき》）

書《か》き終《お》えると、ひと仕事《しごと》したような気がしてホッとする。

それまで全《まった》く気に留《と》めていなかった水路《すいろ》が、急《きゅう》に気に掛《か》かってきた。

どんなふうな経路《けいろ》になっているのだろう。どこから流《なが》れてくるのだろう。

ミチルは、水路《すいろ》を遡《さかのぼ》ってみることにした。


あの花はどこからやってくるのか？


水路《すいろ》は、分《わ》かれていたり、暗渠《あんきょ》になっていたりしたので、遡《さかのぼ》っていくのはなかなか大変《たいへん》だった。

恐《おそ》らく、このお城《しろ》は何度《なんど》も増改築《ぞうかいちく》が繰《く》り返《かえ》されているのだろう。

水路《すいろ》を目で追《お》っていくと、突然《とつぜん》なくなってしまったり、うろうろ建物《たてもの》の周《まわ》りを探《さが》し回《まわ》っていたら、どこかでぴちゃんと水の跳《は》ねる音がして、思《おも》いもよらぬ場所《ばしょ》からまた水路《すいろ》が伸《の》びている、ということの繰《く》り返《かえ》しだった。

あの花が、ミチルたちがいるお城《しろ》の敷地内《しきちない》で流《なが》されたものでないことは明《あき》らかだった。

あんな派手《はで》な花の咲《さ》いている木は一本も見当《みあ》たらなかったからだ。

どこに咲《さ》いてるんだろう、あの花。


ミチルはきょろきょろしながら周囲《しゅうい》を見回《みまわ》した。青々としたツタばかりが目につき、小さな野花《のばな》を除《のぞ》けば花らしきものは全《まった》く咲《さ》いていない。

うろうろしたり遠回《とおまわ》りしたりしているうちに、ずいぶん登《のぼ》ってきていた。

お城《しろ》のてっぺんにある鐘楼《しょうろう》が近《ちか》づいている。

水路《すいろ》は、少《すこ》し傾斜《けいしゃ》がきつくなっていた。おのずと、水の流《なが》れも速《はや》くなる。

萩《はぎ》の茂《しげ》みの陰《かげ》に、水路《すいろ》が続《つづ》いていた。どうやら、この辺《あた》りがてっぺんに近《ちか》いようだ。

と、視界《しかい》を赤いものが横切《よこぎ》った。

水路《すいろ》を、赤い花が流《なが》れてくる。

あそこだ！

流《なが》れが速《はや》いので、あっというまに赤い花が三つ、立《た》て続《つづ》けに目《め》の前《まえ》を流《なが》れていき、たちまち見えなくなった。

数《かず》を胸《むね》に刻《きざ》み、ミチルは萩《はぎ》の茂《しげ》みを掻《か》き分《わ》けた。

正面《しょうめん》に、古《ふる》い土塀《どべい》が目に入る。

土塀《どべい》は、表面《ひょうめん》が崩《くず》れかかっていて、中に補強材《ほきょうざい》として入れた竹や稲《いな》わらがはみ出していた。

その土塀《どべい》の下に、楕円形《だえんけい》をした小さなトンネルと、そのトンネルから押《お》し出《だ》されてくる流《なが》れが見えた。

間違《まちが》いない。花は、あそこから流《なが》れてくるのだ。

ミチルはもう少《すこ》し近《ちか》づこうとしたが、足元《あしもと》がおぼつかなかった。
じっと土塀《どべい》を見つめる。

土塀《どべい》。あたしたちを囲《かこ》んでいる土塀《どべい》。

あの、奇妙《きみょう》な鏡《かがみ》とお地蔵様《じぞうさま》がある土塀《どべい》とこの土塀《どべい》は続《つづ》いている。
長《なが》い土塀《どべい》であるのと同時《どうじ》に、かなりの厚《あつ》さと高《たか》さがある。
それまで考《かんが》えたことのなかった疑問《ぎもん》が湧《わ》いてきた。

この向《む》こうには何《なに》があるのだろう？

ミチルは棒立《ぼうだ》ちになり、くすんだ色《いろ》の土塀《どべい》を穴《あな》が開《あ》くほど見つめた。
ずっと、向《む》こう側《がわ》にも岩山《いわやま》が広《ひろ》がっているのだと思《おも》っていた。

初《はじ》めてやってきたときに見た山の景色《けしき》の印象《いんしょう》が強《つよ》かったので、山全体《やまぜんたい》があんな景色《けしき》だと思《おも》いこんでしまったのだ。

けれど、この土塀《どべい》はどこにも切《き》れ目《め》がなく、向《む》こう側《がわ》を見られる場所《ばしょ》もない。

ミチルは、狭《せま》い水路《すいろ》の脇《わき》に歩《ほ》を進《すす》めた。ザッ、と土が水に落《お》ちる。

ひやりとした。

あんまり足場《あしば》は丈夫《じょうぶ》ではなさそうだ。これ以上進《いじょうすす》むと危《あぶ》ないかもしれない。

しかし、ミチルはその土塀《どべい》にもっと近《ちか》づきたかった。そこに行《い》けば、向《む》こう側《がわ》にあるものの気配《けはい》を感《かん》じられそうな気がしたのだ。

何《なに》かがある——何《なに》かがいる。あの向《む》こう側《がわ》に。

鮮《あざ》やかな赤が、暗《くら》いトンネルの中からポッと浮《う》かび上《あ》がってきた。

ひとつ、ふたつ。

まさに、花が向《む》こう側《がわ》から流《なが》れてくる瞬間《しゅんかん》を目の当《ま》たり《あ》にして、ミチルはなぜかどぎまぎしていた。

顔《かお》にぶつかる萩《はぎ》の枝《えだ》を押《お》しのけ、ミチルは魅入《みい》られたように一歩《いっぽ》進《すす》む。

土塀《どべい》が近《ちか》づいてきた。

すぐそこに、手を伸《の》ばせば届《とど》きそうなところに。

また、足元《あしもと》からザッ、と土が落《お》ちた。

ミチルは、ぎくっとして身体《からだ》を凍《こお》らせた。

それは、足元《あしもと》が危《あぶ》ないからではなかった。

土塀《どべい》の向《む》こうで、誰《だれ》かが動《うご》いた。

何《なに》も音はしなかったけれど、ミチルははっきりとそう感《かん》じたのだ。人の気配《けはい》としかいいようのないもの。誰《だれ》かがそこで息《いき》を潜《ひそ》め、存在《そんざい》していることが伝《つた》わってきたのだ。

誰《だれ》かがいる。向《む》こう側《がわ》に誰《だれ》かがいる。その誰《だれ》かが、あの花を流《なが》しているのだ。

ミチルは、動悸《どうき》が激《はげ》しくなるのを感《かん》じた。あまりにも心臓《しんぞう》がどっくんどっくんと鳴《な》るので、音が外《そと》に漏《も》れ出《で》ているのではないかと思《おも》うくらいだった。

喉《のど》がカラカラだ。唾《つば》が飲《の》み込《こ》めない。身体《からだ》が動《うご》かない。どうしよう。ほんの少《すこ》しでも動《うご》いたら、水路《すいろ》に落《お》ちてしまいそうだ。

ミチルは、不自然《ふしぜん》なポーズのまま、息《いき》を止《と》めてじっとしていた。じわじわと冷《ひ》や汗《あせ》が滲《にじ》んでくる。

どうしよう。どうすればいいんだろう。

土塀《どべい》の向《む》こうからも、異様《いよう》な緊張感《きんちょうかん》がひしひしと伝《つた》わってきた。

向《む》こう側《がわ》でも、こちらにいる誰《だれ》かの気配《けはい》に神経《しんけい》を尖《とが》らせているに違《ちが》いなかった。

「だれ？」

ミチルはついに我慢《がまん》しきれなくなって、そう低《ひく》く尋《たず》ねてしまった。息《いき》だけの声《こえ》で、短《みじか》く。

ほんの一瞬《いっしゅん》、間《ま》があった。

そして、小さな溜息《ためいき》が聞《き》こえた。

「――なあんだ、蘇芳《すおう》か。」

ミチルは、仰天《ぎょうてん》して身体《からだ》がふらついて、危《あや》うく水路《すいろ》に落《お》ちそうになった。

必死《ひっし》に口を押《お》さえ、声《こえ》が漏《も》れないようにする。なんとか、足元《あしもと》も踏《ふ》みとどまった。

しかし、その声《こえ》の主《ぬし》はミチルの声《こえ》を蘇芳《すおう》と勘違《かんちが》いしているらしく、親《した》しげな様《よう》子《す》で話《はな》し掛《か》けてくる。

「びっくりしたよ、こんな時間《じかん》にここに来《く》るなんて。大丈夫《だいじょうぶ》？」

ミチルは口を押《お》さえ、じりじりと後退《こうたい》し始《はじ》めた。

逃《に》げなくちゃ。あたしが蘇芳《すおう》でないとバレる前《まえ》に。

相手《あいて》が本当《ほんとう》のことに気がつく前《まえ》に。

「計画《けいかく》はちゃんと進《すす》んでる？　蘇芳《すおう》のことだから心配《しんぱい》はしてないけど。」

ミチルは後《あと》ずさりをした。

萩《はぎ》の枝《えだ》がチクチクして痛《いた》い。

逃《に》げなくちゃ。早く、ここから離《はな》れなくちゃ。

聞《き》いてはいけないことを聞《き》いてしまう前《まえ》に。

ミチルは耳を塞《ふさ》ぎたかった。

聞《き》いてはいけないことを聞《き》いてしまわないように。

また一歩《いっぽ》後《あと》ずさる。

もう少《すこ》し離《はな》れれば、聞《き》こえなくなる。この恐《おそ》ろしい土塀《どべい》から離《はな》れられる。

しかし、次《つぎ》の瞬間《しゅんかん》、ミチルははっきりとその声《こえ》を聞《き》いてしまったのだった。

若《わか》い男の子の声《こえ》が——静《しず》かに決意《けつい》をにじませた声《こえ》が、こう言《い》うのを。

「やっぱりあいつ——絶対《ぜったい》に何《なに》か企《たくら》んでる。厄介《やっかい》なことが起《お》こりつつあるんだ——きっとあいつは、僕《ぼく》らをひどい目に遭《あ》わせるつもりなんだよ、蘇芳《すおう》。」

第五章　消《き》えた少女《しょうじょ》

ミチルが少年《しょうねん》の声《こえ》を聞《き》いて凍《こお》り付《つ》いていたその瞬間《しゅんかん》をまるで見計《みはか》らったかのように、突然《とつぜん》、鐘《かね》が鳴《な》った。

カーン、と一回《かい》。


残響《ざんきょう》がかすかに尾《お》を引《ひ》いて、ゆっくり消《き》えていく。

あまりにもその音が近《ちか》くに聞《き》こえたので、ミチルはぎょっとして振《ふ》り向《む》いた。

ぎょっとしたのは、塀《へい》の向《む》こう側《がわ》にいる少年《しょうねん》も同《おな》じだったと見える。

「鐘《かね》、鳴《な》ったね。行《い》かなきゃね。僕《ぼく》も戻《もど》る。じゃあ、予定通《よていどお》りにね。」

声《こえ》は更《さら》に低《ひく》くなり、会話《かいわ》の後半《こうはん》は遠《とお》ざかった。土塀《どべい》の向《む》こう側《がわ》から離《はな》れたらしい。

鐘《かね》が一回鳴《かいな》ったら、食堂《しょくどう》に集合《しゅうごう》。

ミチルはよろよろと動《うご》き出《だ》そうとしたが、身体《からだ》が固《かた》まってしまっていて、上半身《じょうはんしん》に足がついていかない。

早く食堂《しょくどう》に行《い》かなければ。気ばかりが焦《あせ》った。


こんなところにいたことが佐藤蘇芳《さとうすおう》にバレてはいけない。


頭《あたま》にはその考《かんが》えしかなかった。

どうしよう、もしもあたしが塀《へい》の向《む》こうの男の子と話《はな》したことを知《し》られたら。

あたしが蘇芳《すおう》と間違《まちが》えられていたことに気付《きづ》かれたら。

そう考《かんが》えるとゾッとした。

塀《へい》の向《む》こう。

そっと振《ふ》り返《かえ》ってみる。

向《む》こう側《がわ》には何《なに》があるんだろう。あの子、何度《なんど》もあそこに来《き》てる様子《ようす》だった。蘇芳《すおう》がこっち側《がわ》にいることも承知《しょうち》していたし、たぶんあそこが蘇芳《すおう》との連絡場所《れんらくばしょ》だったんだ。内緒《ないしょ》の場所《ばしょ》らしいことは、あの声《こえ》の潜《ひそ》め方《かた》からも明白《めいはく》だ。あの子と蘇芳《すおう》はどういう関係《かんけい》なんだろう?

あいつは、僕《ぼく》らをひどい目に遭《あ》わせるつもりなんだよ。

少年《しょうねん》の言葉《ことば》が繰《く》り返《かえ》し蘇《よみがえ》る。深刻《しんこく》な、思《おも》いつめたような口調《くちょう》だった。

ひどい目って、どういう意味《いみ》?

喉《のど》がカラカラになっていた。

まさか、危害《きがい》を加《くわ》えるとか？

背中《せなか》がヒヤリとした。


そもそも、あいつって誰《だれ》？　あそこまで思《おも》いつめるような相手《あいて》って？　こんな、人里離《ひとざとはな》れた林間学校《りんかんがっこう》で？　男子側《だんしがわ》もあたしたちと同《おな》じような状態《じょうたい》だとすれば、中学生しかいないのでは？


のろのろ土手を歩《ある》きながら、ミチルの頭《あたま》の中は疑問《ぎもん》でいっぱいだった。

やっぱりあいつ、絶対《ぜったい》に何《なに》か企《たくら》んでる。

彼《かれ》はそう言《い》った。ということは、前《まえ》にも何《なに》かあったってこと？　そして、蘇芳《すおう》もそのことを知《し》っているの？

厄介《やっかい》なことが起《お》こりつつある。

あれは、向《む》こう側《がわ》だけのことなの？

思《おも》い出《だ》せば出すほど不安《ふあん》が募《つの》る。

ひょっとして、こちら側《がわ》でも同《おな》じことが起《お》きてないといえる？

ふと、足元《あしもと》を静《しず》かに流《なが》れる水路《すいろ》に目をやった。

そこに花はない。

あの花が土塀《どべい》の向《む》こうからやってくることは確《たし》かだ。誰《だれ》が流《なが》しているんだろう。

さっきの男の子？　それとも別《べつ》の誰《だれ》か？

ミチルはようやくほぐれてきた足で食堂《しょくどう》に急《いそ》いだ。

息《いき》を切《き》らせて中に飛《と》び込《こ》むと、みんながハッとした表情《ひょうじょう》で同時《どうじ》にミチルを振《ふ》り返《かえ》ったので、ぎょっとして足を止《と》めた。

蘇芳《すおう》、加奈《かな》、孝子《たかこ》、憲子《のりこ》。みんなの青ざめた顔《かお》。

だが、一人《ひとり》足りない。

「あれ、亜季代《あきよ》ちゃんは？」

ミチルは食堂《しょくどう》を見渡《みわた》した。

いつも食事《しょくじ》の時《とき》に座《すわ》っている亜季代《あきよ》の席《せき》は空っぽだ。

「あっ、ああ。」

加奈《かな》が思《おも》い出《だ》したように頷《うなず》いた。

「まだ来《き》てない。亜季代《あきよ》のことだから、鐘聞《かねき》いても『あら鳴《な》ってるわ。』なんて言《い》っちゃって、のんびり編《あ》み物《もの》してるんだよ。」

「呼《よ》びに行《い》く？」

ミチルは自分《じぶん》が最後《さいご》に着《つ》いたのではないことにホッとしながらも、再《ふたた》び食堂《しょくどう》の外《そと》に出ようとした。が、思《おも》い出《だ》して尋《たず》ねた。

「どうして鐘《かね》を鳴《な》らしたの？　なんで集合《しゅうごう》したの？」

ほんの少《すこ》し間《ま》があったような気がした。

ほんの少《すこ》しだけ、不自然《ふしぜん》な——少《すこ》しだけ長《なが》い間《ま》が。

でも、それはミチルの気のせいだったのかもしれない。蘇芳《すおう》が「あのね。」といつもの落《お》ち着《つ》いた声《こえ》で話《はな》し始《はじ》めた。

「ちょっとおかしなことがあったのよ——こっちに来《き》てくれる？」

「おかしなことって？」

蘇芳《すおう》と加奈《かな》が顔《かお》を見合《みあ》わせて、頷《うなず》きあった。蘇芳《すおう》の後《あと》に続《つづ》き、みんなで歩《ある》き出《だ》す。

向《む》かった先は、加奈《かな》の部屋《へや》の前《まえ》だった。

「見てよ、これ。」

加奈《かな》が顎《あご》をしゃくる。

黄色《きいろ》の塚山《つかやま》。

そう見えたのは、加奈《かな》の部屋《へや》の前《まえ》にあった、大きなひまわりが残《のこ》らずなぎ倒《たお》され、折《お》られて積《つ》み重《かさ》なっているのだった。どれも人の顔《かお》ほどの大きな花だったから、それらが無残《むざん》に折《お》れたり取《と》れたりして転《ころ》がっているさまは、まるで死体《したい》が折《お》り重《かさ》なっているような錯覚《さっかく》に陥《おちい》る。

「ひどいなあ。」

ミチルは思《おも》わず呟《つぶや》いた。

「今朝《けさ》、あたしが部屋《へや》を出た時《とき》はなんともなかった。午前中《ごぜんちゅう》、あたしが部屋《へや》を離《はな》れてるあいだに誰《だれ》かがやったの。」

加奈《かな》が気味《きみ》悪《わる》そうな顔《かお》でぐるりと皆《みな》の顔《かお》を見た。

「誰《だれ》かって――。」

孝子《たかこ》がもごもごと口の中で呟《つぶや》く。

「まだあるの。」

蘇芳《すおう》が再《ふたた》び歩《ある》き出《だ》した。

「他《ほか》にも？」

ミチルは不安《ふあん》になった。ひまわりをちらっと振《ふ》り返《かえ》る。

萎《しお》れた花びらが、髪《かみ》の毛《け》に見えた。あの惨状《さんじょう》を見るに、よほど乱暴《らんぼう》にひまわりに当《あ》たり散《ち》らしたのだろう。あんな凶暴《きょうぼう》なことをするなんて、よっぽど——

「あそこ。」

蘇芳《すおう》が指差《ゆびさ》したのは、中庭《なかにわ》にある噴水《ふんすい》である。

ミチルはあっけに取《と》られた。

池《いけ》は空《から》っぽ。

いや、噴水《ふんすい》からちょろちょろ水は流《なが》れているから、石造《いしづく》りの池《いけ》の底《そこ》には少《すこ》しだけ水が残《のこ》っているのだが、中にあった水はほとんど外《そと》に飛《と》び出《だ》してしまったらしい。周囲《しゅうい》はびしょびしょの水浸《みずびた》しで、黒《くろ》く歪《ゆが》んだ円を描《えが》いていた。

「誰《だれ》かが飛《と》び込《こ》んだみたい。」

「でしょ？　だけど、だとするとおかしなところがあるの。」

蘇芳《すおう》は腕組《うでぐ》みをし、ミチルを試《ため》すように見た。

「おかしなところって？」

ミチルは恐《おそ》る恐《おそ》る聞《き》き返《かえ》す。

「飛《と》び込《こ》んだ誰《だれ》かはどこにいるの？」

「どこにって？」

「飛《と》び込《こ》んだままそこでじっとしてるのなら分《わ》かるけど、出《で》て行《い》ったんならば、当然足跡《とうぜんあしあと》があるはずよね？」

少女《しょうじょ》たちはまじまじと池《いけ》の周《まわ》りを見つめた。

ミチルは、蘇芳《すおう》の言葉《ことば》を認《みと》めざるを得《え》なかった。

日が照《て》っているのならば、すぐに乾《かわ》いただろう。しかし、今日《きょう》は曇《くも》って光《ひかり》はなく、とても蒸《む》し暑《あつ》くて風《かぜ》もない。洗濯物《せんたくもの》を干《ほ》そうものなら、却《かえ》って湿気《しっけ》を吸《す》ってますます重《おも》くなりそうな天候《てんこう》だ。

池《いけ》の周《まわ》りは、びしょびしょなままだ。もしここから出《で》て行《い》ったなら、確《たし》かにどこかに向《む》かう足跡《あしあと》が残《のこ》っているのが当然《とうぜん》である。

「もしかすると、飛《と》び込《こ》む前《まえ》にタオルと靴《くつ》を用意《ようい》しておいたのかもよ。」

憲子《のりこ》が肩《かた》をすくめた。

「水浴《みずあ》びして、身体《からだ》を拭《ふ》いて、乾《かわ》いた靴《くつ》を履《は》いて歩《ある》いていったのなら、足跡《あしあと》は残《のこ》らないでしょ？」

「あるいは、石か何《なに》かを離《はな》れたところから投《な》げ込《こ》んで、水を外《そと》に出したのかも。」

孝子《たかこ》も、考《かんが》え込《こ》む表情《ひょうじょう》でゆっくり話《はな》し出《だ》した。

「それらしきものはないわ。」

蘇芳《すおう》がゆるゆると首《くび》を振《ふ》って否定《ひてい》する。

「後《あと》で持《も》ち出《だ》したのかも。」

「持《も》ち出《だ》すのならば、どうしてもこの水たまりに足を踏《ふ》みこむ必要《ひつよう》があるわ。

それでも足跡《あしあと》は残《のこ》ってない。」

「ええと、乾《かわ》いた雑巾《ぞうきん》を置《お》いておいて、そこで靴《くつ》を拭《ぬぐ》っていったとか。」

孝子《たかこ》もなかなか譲《ゆず》らない。

「それじゃあ、誰《だれ》がそんなことをしたの？　石を池《いけ》に投《な》げ込《こ》んでびしょびしょにしたあと、それを持《も》ち出《だ》した人、この中にいる？」

蘇芳《すおう》が根本的《こんぽんてき》な疑問《ぎもん》を口にした。

互《たが》いに顔《かお》を見合《みあ》わせ「あたしじゃない。」「あたしも違《ちが》う。」と首《くび》を振《ふ》る。

「じゃあ誰《だれ》が？　どうして？」

蘇芳《すおう》は眉《まゆ》をひそめた。

「――亜季代《あきよ》かしら。」

加奈《かな》がぽつんと呟《つぶや》いた。蘇芳《すおう》が加奈《かな》の顔《かお》を見る。

「亜季代《あきよ》ちゃんが？　どうして？」

加奈《かな》は力なく首《くび》を振《ふ》る。

「分《わ》からない。でも、ここにいないのは亜季代《あきよ》だけじゃない？　だとすると、亜季代《あきよ》が何《なに》かした可能性《かのうせい》はあるよね。」

「ねえ、ここって本当《ほんとう》にあたしたちだけなの？」

ミチルはいつのまにか口を開《ひら》いていた。

「え？」

みんなが驚《おどろ》いたようにミチルを振《ふ》り返《かえ》ったので、またミチルはぎょっとする。

さっき、あたしが食堂《しょくどう》に入っていった時《とき》もこんなふうに振《ふ》り返《かえ》った――

「あたしたちしかいないの？　あの緑色《みどりいろ》の人は？」

ミチルは戸惑《とまど》いながらも、もう一度《いちど》言《い》った。

憲子《のりこ》がきっぱりと首《くび》を振《ふ》る。

「あの人は、ここの中には入らないのよ。あたしたちを案内《あんない》してきてくれただけ。」

「そうなの？　本当《ほんとう》に？」

ミチルは弱々《よわよわ》しく聞《き》き返《かえ》す。

「どうしてそう思《おも》うの？　誰《だれ》か他《ほか》の人を見かけた？」

蘇芳《すおう》が、どことなく冷《ひ》ややかな笑《え》みを浮《う》かべてミチルを見た。

ミチルはうろたえた。

どうしよう、あの男の子のことを言《い》うわけにはいかないし。あたしって、どうしてこう、いつも余計《よけい》なことを言《い》って、おろおろしちゃうんだろう。あたしが隠《かく》し事《ごと》してるって、見抜《みぬ》かれたかしら？

そして、ミチルは重要《じゅうよう》なことに気《き》が付《つ》いた。

そういえばあの子、「予定通《よていどお》りに。」と言《い》った。あの時《とき》、「予定通《よていどお》りに。」と。きっと、自分《じぶん》は蘇芳《すおう》に念《ねん》を押《お》したと思《おも》っている。だけど、その「予定《よてい》」が実行《じっこう》されなかったらどうだろう？　何《なに》をするつもりだったのか分《わ》からないけれど、「予定《よてい》」が実行《じっこう》されなかったら、不審《ふしん》に思《おも》うのではないだろうか。そして、実《じつ》は塀《へい》のこちら側《がわ》にいたのが蘇芳《すおう》ではなかった可能性《かのうせい》に思《おも》い至《いた》るのではないか。

まずい、と思《おも》ったが、口は勝手《かって》に動《うご》いていた。

「だって――食料《しょくりょう》とか、新《あたら》しいのが補充《ほじゅう》されてるし。」

苦《くる》し紛《まぎ》れに出た言葉《ことば》だった。

「ああ、そうか、あれね。」

蘇芳《すおう》が大きく頷《うなず》いた。どことなくホッとしたように見えるのは気のせいだろうか。

「あれはね、二日《ふつか》にいっぺん、運《はこ》んできてくれるの。外《そと》からの差《さ》し入《い》れ口《ぐち》があって、そこに入れておいてくれるのよ。」

「へえ、そうだったんだ。」

疑問《ぎもん》は山ほどあったが、それはそれで不思議《ふしぎ》に思《おも》っていたので、腑《ふ》に落《お》ちた。ミチルが納得《なっとく》したのがみんなに伝《つた》わったらしく、なんとなくみんなも安堵《あんど》したようだ。

「ねえ、亜季代《あきよ》のこと、探《さが》そうよ。まだ来《こ》ないの、ヘンじゃん。」

加奈《かな》がどことなく青ざめた表情《ひょうじょう》で促《うなが》した。

ミチルも背筋《せすじ》を伸《の》ばす。

「そうだよ、なんだか心配《しんぱい》になってきちゃった。」

加奈《かな》の不安《ふあん》が乗《の》り移《うつ》ったようで、急《きゅう》に胸《むね》がどきどきしてきた。

確《たし》かにヘンだ。何《なに》がどうというわけではないけれど、ひまわりといい、この水たまりといい、とにかく誰《だれ》かが、こんな状態《じょうたい》になるようなことをしたのだ。

五人で、まずは亜季代《あきよ》の部屋《へや》に行《い》った。

そうっと覗《のぞ》きこんでみると、部屋《へや》は空《から》っぽである。

ベッドの上に、編《あ》みかけのセーターが、編《あ》み棒《ぼう》が付《つ》いたまま放《ほう》り出《だ》してあった。

「いないね。」「どこ行《い》ったんだろう。」

「亜季代《あきよ》ちゃーん。」「おーい。」

みんなで外《そと》に出て、亜季代《あきよ》の名を呼《よ》ぶ。

しかし、がらんとした湿《しめ》った空に、声《こえ》は吸《す》い込《こ》まれていくばかり。

「亜季代《あきよ》ちゃん！　どこ？」

叫《さけ》ぶ度《たび》に、ミチルの不安《ふあん》は募《つの》る。

脳裏《のうり》には、ニコニコ微笑《ほほえ》む亜季代《あきよ》の顔《かお》が鮮明《せんめい》に浮《う》かんでくるのだが、肝心《かんじん》の本人の姿《すがた》はいっこうに見つからない。

だだっぴろいお城《しろ》だが、そうそう隠《かく》れるような場所《ばしょ》もない。

みんなで手分《てわ》けして、家具《かぐ》の中や物置《ものおき》、トイレや庭《にわ》まで探《さが》し回《まわ》ったが、亜季代《あきよ》は見つからない。

息《いき》を切《き》らせ、駆《か》け回《まわ》った少女《しょうじょ》たちは、誰《だれ》からともなく食堂《しょくどう》に戻《もど》ってきた。

「いない。消《き》えちゃった。いなくなっちゃった。」

ミチルは泣《な》き声《ごえ》になってみんなの顔《かお》を見た。

誰《だれ》もが青ざめ、肩《かた》で息《いき》をし、無言《むごん》で互《たが》いの顔《かお》を見つめている。

蒸《む》し暑《あつ》いところを走《はし》り回《まわ》ったためだけでない、冷《つめ》たい汗《あせ》を感《かん》じているのが分《わ》かった。

「ここ、勝手《かって》に出て行《い》くことはできるの？」

ミチルは蘇芳《すおう》に尋《たず》ねた。

蘇芳《すおう》は、青ざめた顔《かお》で首《くび》を振《ふ》った。

「基本的《きほんてき》には、内側《うちがわ》からは出て行《い》けないわ。鍵《かぎ》はあの人が持《も》ってるし、入口は何重《なんじゅう》にも鍵《かぎ》がかかってる。」

あの人。夏《なつ》の人。「みどりおとこ」。

「それに、もしお城《しろ》から出たとしても、外《そと》は来《く》る時《とき》見たように、渡《わた》し船《ぶね》が来《こ》ない限《かぎ》り泳《およ》いで渡《わた》るしかない。でも、逆《ぎゃく》に言《い》えば、塀《へい》を無理《むり》やり乗《の》り越《こ》えて、泳《およ》ぎに自信《じしん》があるのならば、出て行《い》くことができないこともない。」

「亜季代《あきよ》ちゃんが、自分《じぶん》の意志《いし》で出て行《い》ったっていうの？」

ミチルは信《しん》じられなかった。あのニコニコして、編《あ》み物《もの》をしていた亜季代《あきよ》が、そこまでしてここを出て行《い》くなんて、とてもじゃないけど考《かんが》えられない。

「塀《へい》をよじのぼって？　あの水量《すいりょう》の多《おお》い川を泳《およ》いで？」

誰《だれ》もが黙《だま》りこんだ。

「亜季代《あきよ》ちゃん。どこなの？」

ミチルはひっそりと呟《つぶや》いたが、それきり何《なに》も言《い》えなかった。

しかし、亜季代《あきよ》はその日以来《いらい》、本当《ほんとう》にぷつりと姿《すがた》を消《け》してしまったのだ。
この、淋《さび》しい夏《なつ》のお城《しろ》から。ミチルたち、五人の少女《しょうじょ》の前《まえ》から。

第六章 暗《くら》くなるまで待《ま》って

亜季代《あきよ》がいなくなり、ミチルは夜《よる》を迎《むか》えるのが恐《おそ》ろしくなった。それまでは長閑《のどか》で眠《ねむ》たげで、いささか退屈《たいくつ》でもあったお城《しろ》が、その日を境《さかい》に異《こと》なる風景《ふうけい》に見えてきたからだ。

だいじょうぶ。亜季代《あきよ》のことは心配《しんぱい》しなくていいわ。学校には連絡《れんらく》してあるから。

蘇芳《すおう》はそう言《い》ったけれど、あんな状況《じょうきょう》で姿《すがた》を消《け》した亜季代《あきよ》のことを心配《しんぱい》するなというほうが無理《むり》だ。

みんな何《なに》も言《い》わない。相変《あいか》わらずおろおろしているのはミチルだけで、皆《みな》、それまで通《どお》りの生活《せいかつ》を続《つづ》けている。

亜季代《あきよ》は今《いま》どうしているのだろう？　どこにいるのだろう？　いつも手放《てばな》さなかった編《あ》み棒《ぼう》と毛糸《けいと》を残《のこ》していったいどこへ？

ミチルちゃん、ミチルちゃん。

あのふわりとした声《こえ》が聞《き》けなくなったのはつらかった。自分《じぶん》が世話《せわ》を焼《や》いているつもりでいたが、いかにミチルのほうが彼女《かのじょ》を精神的《せいしんてき》に頼《たよ》っていたのかを思《おも》い知《し》らされた。

こんなの、ヘンだよ。亜季代《あきよ》ちゃん、まさかどこかでひどい目に遭《あ》ってたりしないよね？

何度《なんど》も亜季代《あきよ》の部屋《へや》に行《い》ってみる。いつのまにか亜季代《あきよ》が戻《もど》ってきていて、「あら、ミチルちゃん。」と言《い》って迎《むか》えてくれるのではないかと思《おも》ってしまうのだ。

しかし、いつ行《い》っても亜季代《あきよ》の部屋《へや》は空っぽのまま。

朝《あさ》の光《ひかり》を、窓《まど》を通《とお》り抜《ぬ》ける風《かぜ》を、庭《にわ》の暗《くら》がりを、ミチルは恐《おそ》れるようになった。

ひとりになるのが怖《こわ》いのだ。

外部《がいぶ》から幾重《いくえ》にも隔絶《かくぜつ》されている夏流城《かなしろ》だが、それぞれの部屋《へや》には鍵《かぎ》が付《つ》いていなかった。

亜季代《あきよ》を探《さが》した時《とき》に、だだっぴろい割《わり》に身《み》を隠《かく》すような場所《ばしょ》はほとんどないと分《わ》かったものの、ぽつんと部屋《へや》に一人《ひとり》でいると、どうにも無防備《むぼうび》に感《かん》じられて仕《し》方《かた》がない。

それでも、昼間《ひるま》はまだ良《よ》かった。

明《あか》るい陽射《ひざ》しや緑《みどり》を見ている時《とき》は、なんとか恐《おそ》ろしさを抑《おさ》えることができた。

けれど、午後《ごご》の太陽《たいよう》が傾《かたむ》き、少《すこ》しずつ夕闇《ゆうやみ》の気配《けはい》が忍《しの》び寄《よ》り、空が透《す》き通《とお》り始《はじ》めると、ミチルは心臓《しんぞう》がどきどきしてくるのを感《かん》じるのだった。

誰《だれ》かが暗《くら》がりに潜《ひそ》み、日が暮《く》れるのをじっと待《ま》ちかまえているような気がする。その誰《だれ》かは、みんなが一人一人《ひとりひとり》自分《じぶん》の部屋《へや》に引《ひ》き揚《あ》げるまで、闇《やみ》の中で辛抱強《しんぼうづよ》く見張《みは》っているのではないか。

また、別《べつ》の誰《だれ》かが朝目《あさ》が覚《さ》めたらいなくなっているのではないか。もしかすると、それは自分《じぶん》なのではないか。だとすると、どんなふうにいなくなるのだろう。

そう思《おも》うといてもたってもいられず、周囲《しゅうい》をきょろきょろしながら歩《ある》くことになる。

ミチルはなるべく一人《ひとり》にならないようにしていたが、みんなは平気《へいき》らしい。むしろ、みんな前《まえ》よりも内省的《ないせいてき》になったというか、ぽつんとバラバラに物思《ものおも》いに沈《しず》んでいる姿《すがた》を見かけるようになった。

その様子《ようす》も、ミチルには理解《りかい》できない。亜季代《あきよ》がどうなってしまったのか、自《じ》分《ぶん》も亜季代《あきよ》のようになってしまうのではないかと恐《おそ》れる気持《きも》ちはないのだろうか。

亜季代《あきよ》が消《き》えて数日後《すうじつご》の夕方《ゆうがた》、ミチルは図書室《としょしつ》で孝子《たかこ》を見かけた。いつも詰《つ》め将棋《しょうぎ》や問題集《もんだいしゅう》を解《と》いている孝子《たかこ》が、机《つくえ》を前《まえ》にぼんやり座《すわ》っている。

その様子《ようす》があまりにも所在《しょざい》なげなので、ミチルは思《おも》わず「だいじょうぶ？　孝《たか》子《こ》ちゃん。」と声《こえ》を掛《か》けた。

孝子《たかこ》がハッとしたように顔《かお》を上げ、ミチルを無表情《むひょうじょう》に見た。

「ああ、うん。」

ミチルだと気づいた孝子《たかこ》は無理《むり》に笑《わら》った。

「だいじょうぶ。」

その笑顔《えがお》に、ミチルはほんの少《すこ》し傷《きず》ついた。

そうだよね、いちばんびくびくおろおろしてるあたしに「だいじょうぶ？」なんて言《い》われたくないよね。

孝子《たかこ》がミチルに心配《しんぱい》させまいと気遣《きづか》いをしてくれているのがこたえた。

そんなミチルの引《ひ》きつった表情《ひょうじょう》をどう解釈《かいしゃく》したのかは分《わ》からないが、孝子《たかこ》は手《て》招《まね》きしてミチルを向《む》かいに座《すわ》らせた。

「あのね――あたしだって――あたしだって怖《こわ》いの。」

孝子《たかこ》は顔《かお》を右手で押《お》さえ、溜息《ためいき》のように呟《つぶや》いた。

「え？」

ミチルは聞《き》き返《かえ》す。

「蘇芳《すおう》さんはすごい。あたしにはあんなこと、耐《た》えられない。とてもじゃないけど――とてもあんなふうには。」

孝子《たかこ》はミチルの声《こえ》など聞《き》こえていないかのように、独《ひと》りごとを呟《つぶや》いている。

「何《なに》が怖《こわ》いの？　亜季代《あきよ》ちゃんがいなくなったこと？　みんなやっぱり怖《こわ》いよね？」

ミチルは勢《いきお》いこんで尋《たず》ねた。

「亜季代《あきよ》さん。」

孝子《たかこ》はのろのろと繰《く》り返《かえ》し、かすかに首《くび》を振《ふ》った。

「亜季代《あきよ》さん――いつもあんなにニコニコしてたのに。」

溜息《ためいき》のように呟《つぶや》く。

「まさか、あんな。」

ミチルはその言葉《ことば》が引《ひ》っ掛《か》かった。

まさか、あんなとは。

「何《なに》が『あんな』なの？」

更《さら》にミチルが身《み》を乗《の》り出《だ》そうとした時《とき》、背後《はいご》でクルックー、という鳩《はと》の声《こえ》がした。

「あら。」

反射的《はんしやてき》にミチルは振《ふ》り向《む》き、窓《まど》の外《そと》の木の枝《えだ》に留《と》まっている小さな灰色《はいいろ》の鳩《はと》を見た。

「鳩《はと》だ。珍《めずら》しい。」

そういえば、ここに来《き》てから鳥《とり》を見ていない。普通《ふつう》、田舎《いなか》に来《く》るとうるさいくらいに鳥《とり》の声《こえ》がするのに。

ふと、もう一度《いちど》孝子《たかこ》の顔《かお》を見たミチルは呆然《ぼうぜん》とした。

孝子《たかこ》の怯《おび》えた目。

その目は、ミチルの背後《はいご》にあるものを見つめ、恐怖《きょうふ》に見《み》開《ひら》かれている。

「なに?」

慌《あわ》てて振《ふ》り向《む》く。

しかし、鳩《はと》の飛《と》び去《さ》った枝《えだ》がかすかに揺《ゆ》れているだけで、何《なに》も見えない。翳《かげ》ってきた空が、長閑《のどか》に茜色《あかねいろ》に染《そ》まっている。

「どうしたの、孝子《たかこ》ちゃん。そんなびっくりした顔《かお》して。」

孝子《たかこ》は不自然《ふしぜん》に目をそむけた。

「なんでもない。なんでもないの。食堂《しょくどう》に行《い》きましょう。あたし、当番《とうばん》だし。」

孝子《たかこ》は自分《じぶん》に言《い》い聞《き》かせるようにそう呟《つぶや》くと、そそくさと席《せき》を立った。

「う、うん。そうだね。」

ミチルも立ち上がるが、孝子《たかこ》が今《いま》見せた表情《ひょうじょう》が気になった。


何《なに》を見てたんだろう、孝子《たかこ》ちゃん。


ミチルは窓《まど》の外《そと》を見る。確《たし》かに、孝子《たかこ》はミチルの後《うし》ろの何《なに》かを見つめていた。

しかし、窓《まど》の外《そと》には何《なに》もない。そっと覗《のぞ》き込《こ》んでみるが、やはり目につくようなものはなかった。

まさか、誰《だれ》かが隠《かく》れてあたしたちの話《はなし》を聞《き》いてたとか？

そう思《おも》いついてぞっとする。

孝子《たかこ》はその誰《だれ》かを見たのかもしれない。

ミチルは図書室《としょしつ》を出て、ぐるりと外《そと》に回《まわ》り込《こ》んでみた。

誰《だれ》かがいたのなら、窓《まど》の下に足跡《あしあと》があるかもしれないと思《おも》ったのだ。

しかし、窓《まど》の下はごつごつした石が並《なら》んでいて、人がいたような痕跡《こんせき》は見当《みあ》たらなかった。

けげんに思《おも》いつつ食堂《しょくどう》に着《つ》くと、戸口《とぐち》から、中で孝子《たかこ》と蘇芳《すおう》が深刻《しんこく》な表情《ひょうじょう》で話《はな》し込《こ》んでいるのが目に入った。

「――危険《きけん》――。」

「あとで――急《いそ》がないと――。」

ボソボソと話《はな》す声《こえ》が切《き》れぎれに聞《き》こえる。

危険《きけん》？　何《なに》が危険《きけん》だというのだろう？　あたしたちの状況《じょうきょう》？

ミチルが入っていった時《とき》には、二人《ふたり》はもう話《はな》し終《お》わったのか、無言《むごん》で食事《しょくじ》の準《じゅん》備《び》に没頭《ぼっとう》していた。

「手伝《てつだ》うね。」

「ありがと。じゃあ、お皿並《さらなら》べてね。」

そう答《こた》える蘇芳《すおう》はいつも通《どお》りだ。その落《お》ち着《つ》き払《はら》った横顔《よこがお》を、思《おも》わずじっと見つめてしまう。

亜季代《あきよ》がいなくなっても、そんなに動揺《どうよう》しているようには見えなかった蘇芳《すおう》。

あれは、あたしたちを動揺《どうよう》させないためなの？　それとも、単《たん》に冷《つめ》たい人なだけ？

蘇芳《すおう》の静《しず》かな横顔《よこがお》は、声《こえ》を掛《か》けることをためらわせる。

その夜《よ》、ミチルはなかなか寝付《ねつ》けなかった。

部屋《へや》に一人《ひとり》でいるのが怖《こわ》いせいもあったが、それでもうとうとしていたミチルを、何《なに》かの気配《けはい》が目覚《めざ》めさせたのだ。

無意識《むいしき》のうちに、ベッドに起《お》き上《あ》がっていた。

部屋《へや》の明《あ》かりは点《つ》けたままにしてあった。亜季代《あきよ》がいなくなって以来《いらい》、消《け》すことができないのだ。

まだはっきりとは目覚《めざ》めていない頭《あたま》で、ミチルは周囲《しゅうい》の様子《ようす》を窺《うかが》った。

どうして起《お》き上《あ》がったのか分《わ》からなかった。

静《しず》かな夜《よる》。虫の声《こえ》がさざなみのように闇《やみ》の底《そこ》を伝《つた》ってくる。

ミチルはぼんやりと窓《まど》の外《そと》を見た。

チラチラと光《ひかり》が動《うご》いている。

ホタル？

そう思《おも》って光《ひかり》に目を凝《こ》らす。

が、次《つぎ》の瞬間《しゅんかん》、ミチルははっきりと目を覚《さ》ましていた。

懐中電灯《かいちゅうでんとう》の光《ひかり》だ。

ミチルはがばっとベッドから降《お》りた。裸足《はだし》に当《あ》たる床《ゆか》が冷《つめ》たくて、一層《いっそう》ぱっちりと目が覚《さ》める。慌《あわ》てて服《ふく》を着替《きが》え、そっと外《そと》に出た。

懐中電灯《かいちゅうでんとう》の光《ひかり》は、夜《よる》の底《そこ》をゆっくり動《うご》いていた。間違《まちが》いない。誰《だれ》かが城《しろ》の中を歩《ある》き回《まわ》っている。

ミチルはどきどきしながらその光《ひかり》を追《お》いかけた。

最初《さいしょ》は何度《なんど》も躓《つまず》いたが、だんだん目が慣《な》れてきて素早《すばや》く動《うご》けるようになった。

どこに行《い》くんだろう。あれは、誰《だれ》だろう。

怖《こわ》いもの見たさ、という言葉《ことば》が頭《あたま》に浮《う》かんだ。もしかして亜季代《あきよ》を連《つ》れ去《さ》った誰《だれ》かかもしれないのだ。とても恐《おそ》ろしいのに、足は止《と》まらない。遠《とお》くで動《うご》いていく楕円形《だえんけい》の光《ひかり》に、魅入《みい》られたようについていってしまう。

夜《よる》の風《かぜ》がミチルの頰《ほお》を撫《な》でた。

草の匂《にお》いが、不意《ふい》に強《つよ》く鼻《はな》を突《つ》いた。

光《ひかり》の動《うご》きが止《と》まった。

ミチルも一緒《いっしょ》に動《うご》きを止《と》め、様子《ようす》を窺《うかが》った。思《おも》い切《き》って、息《いき》を殺《ころ》し、抜《ぬ》き足差《あしさ》し足《あし》で光《ひかり》に近《ちか》づいていく。

耳元《みみもと》でハアハアという音がするのでぎょっとしたが、それは自分《じぶん》の呼吸《こきゅう》の音だった。

身体《からだ》をかがめて、低《ひく》い茂《しげ》みの後《うし》ろを進《すす》み、ぐるりと回《まわ》り込《こ》むようにして光《ひかり》がよく見える場所《ばしょ》を探《さが》した。

懐中電灯《かいちゅうでんとう》の光《ひかり》が、丸《まる》く、壁《かべ》に付《つ》いた、腰《こし》くらいの高《たか》さの鉄《てつ》の扉《とびら》をぼんやりと照《て》らし出《だ》している。

ボソボソと低《ひく》く囁《ささや》く声《こえ》がした。

かすかに浮《う》かび上《あ》がるシルエット。一人《ひとり》、二人《ふたり》。小柄《こがら》な影《かげ》。


蘇芳《すおう》と孝子《たかこ》だった。


なぜ、夜中《よなか》にこんなところに？　ミチルはじっとりと背中《せなか》に冷《ひ》や汗《あせ》を感《かん》じた。

ふと、夕方《ゆうがた》、食堂《しょくどう》で二人《ふたり》が交《か》わしていた会話《かいわ》が蘇《よみがえ》った。

あとで——急《いそ》がないと——

あれはこのことを指《さ》していたのだ。二人《ふたり》して、夜中《よなか》にここにやってくること。

何《なに》をしに？

「――やっぱりここね。」

低《ひく》く静《しず》かな蘇芳《すおう》の声《こえ》に、ミチルは身体《からだ》を硬《かた》くする。

懐中電灯《かいちゆうでんとう》の光《ひかり》は、鉄《てつ》の扉《とびら》を隅々《すみずみ》まで照《て》らしていた。

どうやら、これが、前《まえ》に蘇芳《すおう》が話《はな》していた差《さ》し入《い》れ口《ぐち》というところらしい。

「あの時《とき》、慌《あわ》ててたから――結構長《けつこうなが》いこと開《あ》けてたし。」

孝子《たかこ》の当惑《とうわく》した声《こえ》が応《こた》える。

「ほら、隅《すみ》っこに穴《あな》が開《あ》いてる。」

蘇芳《すおう》の声《こえ》はあくまでも落《お》ち着《つ》いていた。

「ずっと開《あ》け閉《し》めしてるから、壁《かべ》が崩《くず》れてきてるんだわ。仕方《しかた》ないわね。とりあえず、枝《えだ》でも突《つ》っ込《こ》んでおきましょ。」

ガサガサと音がする。周《まわ》りで枝《えだ》を集《あつ》めているようだ。

「どうする？」

孝子《たかこ》がおずおずと尋《たず》ねた。

「どうするって、何《なに》を?」

蘇芳《すおう》の声《こえ》は冷《ひ》ややかだ。

「――よ。」

孝子《たかこ》は声《こえ》を潜《ひそ》めた。耳を澄《す》ますが、「――」の部分《ぶぶん》が聞《き》き取《と》れない。

「処分《しょぶん》するしかないでしょう。」

蘇芳《すおう》がきっぱり言《い》うと、孝子《たかこ》がハッとし、やがてあきらめたように頷《うなず》くのが分《わ》かった。

「そうだよね。仕方《しかた》ないよね。でもどうやって?」

「毒《どく》、かな。」

「うまくいくかしら。」

「でも、他《ほか》の手段《しゅだん》はないわ。殴《なぐ》りつけるわけにもいかないし。」

ミチルは、思《おも》わず自分《じぶん》の口を強《つよ》く押《お》さえつけていた。

そうしていないと、叫《さけ》び出《だ》してしまいそうだったからだ。

処分《しょぶん》。毒《どく》。まさか、まさか、そんな。

「あたしが準備《じゅんび》しとく。気《き》を付《つ》けてね。」

「ごめんなさい。」

二人《ふたり》の囁《ささや》き声《ごえ》を背中《せなか》に聞《き》きながら、ミチルは身体《からだ》ががくがく震《ふる》えるのをなんとかこらえつつ、少《すこ》しずつ二人《ふたり》から遠《とお》ざかり始《はじ》めた。

処分《しょぶん》。まさか、亜季代《あきよ》ちゃんも蘇芳《すおう》たちが？

腰《こし》が抜《ぬ》ける、とはこういう状態《じょうたい》のことを言《い》うのだろう。ミチルは立っていられず、地面《じめん》に手を突《つ》いてしまった。木の茂《しげ》みの陰《かげ》で、身体《からだ》を丸《まる》め、自分《じぶん》の身体《からだ》をぎゆっと抱《だ》きしめていたが、それでも全身《ぜんしん》が震《ふる》えるのを抑《おさ》えることはできなかった。石になってしまいたい。このまま、ここで石になって、誰《だれ》にも見つけられたくない。

処分《しょぶん》。毒《どく》。確《たし》かに聞《き》いた。蘇芳《すおう》があの落《お》ち着《つ》いた声《こえ》でそう言《い》うのを。

そういえば、あの時《とき》、土塀《どべい》の向《む》こう側《がわ》でも似《に》たような言葉《ことば》を聞《き》いた。

厄介《やっかい》なことが起《お》こりつつある——僕《ぼく》らをひどい目に遭《あ》わせるつもりなんだよ。

ひどい目に。ひどい目に。

頭《あたま》の中で、あの声《こえ》が繰《く》り返《かえ》し蘇《よみがえ》る。

再《ふた》び、チラチラと光《ひかり》が動《うご》き始《はじ》めた。

二人《ふたり》が引《ひ》き揚《あ》げていく。

何《なに》かボソボソ話《はな》し合《あ》っているようだが、もうその内容《ないよう》は聞《き》き取《と》れなかった。

闇《やみ》の中を遠《とお》ざかっていく光《ひかり》を、ミチルは震《ふる》えながら見つめていた。

完全《かんぜん》に光《ひかり》が見えなくなっても、ミチルはしばらくそこを動《うご》けなかった。動《うご》き出《だ》したとたん、懐中電灯《かいちゅうでんとう》を消して待《ま》ち構《かま》えていた二人《ふたり》が「見たな！」と飛《と》び出《だ》してくるような気がして、恐《おそ》ろしかったのだ。

処分《しょぶん》。毒《どく》。

頭《あたま》の中ではぐるぐるとその言葉《ことば》が渦巻《うずま》いている。

次《つぎ》は誰《だれ》？　誰《だれ》が処分《しょぶん》されるの？

ミチルは震《ふる》えながら、ようやく自分《じぶん》の部屋《へや》に戻《もど》った。閉《し》めたドアの前《まえ》に机《つくえ》を置《お》いて、せめてもの気休めにする。明《あ》かりを点《つ》けたまま布団《ふとん》に入ったけれど、とうとう明《あ》け方《がた》まで眠《ねむ》りに落《お》ちることはできなかった。

第七章 鐘《かね》が三度《ど》鳴《な》ったら

花が流《なが》れていく。

白、赤。二個《こ》だ。

「ノート、書《か》かなきゃ。」

ミチルはぼんやり呟《つぶや》いた。

「そうね。」

中庭《なかにわ》の石のベンチ。ミチルが膝《ひざ》を抱《かか》えて水路《すいろ》を眺《なが》めていると、向《む》かいのベンチの上で横《よこ》になって本を読《よ》んでいた憲子《のりこ》が気のない返事《へんじ》をした。

「そういえば、憲子《のりこ》ちゃん、あんまり書《か》いてないよね、ノート。」

ミチルがそう言《い》うと、憲子《のりこ》はかすかに鼻《はな》を鳴《な》らした。

「あたし、水路《すいろ》見ないようにしてるもん。あんな形式《けいしき》だけのこと、やったって仕方《しかた》ないわ。」

「でも。」

ミチルがためらうと、憲子《のりこ》はちょっとだけ微笑《ほほえ》んでみせた。

「実際《じっさい》に見てないんだもの、書《か》く必要《ひつよう》ないでしょ？」

「それはそうだね。」

ミチルも笑《わら》う。

ここ数日《すうじつ》、いいお天気が続《つづ》いていた。

人間《にんげん》というのは、慣《な》れるのだ。

ミチルはそんな奇妙《きみょう》な感慨《かんがい》を覚《おぼ》えた。あの晩《ばん》、蘇芳《すおう》と孝子《たかこ》の話《はなし》を盗《ぬす》み聞《ぎ》きして一晩中震《ひとばんじゅうふる》えていたはずなのに、翌日《よくじつ》になって明《あか》るい陽射《ひざ》しを浴《あ》びてしまうと、あれは夢《ゆめ》だったのではないかという気がしてくる。

相変《あいか》わらず亜季代《あきよ》は戻《もど》らず、食堂《しょくどう》のテーブルの椅子《いす》は空っぽだったし、やはり夕暮《ゆうぐ》れは恐《おそ》ろしく、暗《くら》がりに誰《だれ》かが潜《ひそ》んでいるのではないかと怯《おび》える気持《きも》ちは変《か》わらない。あの晩以来《ばんいらい》、寝《ね》る前《まえ》に机《つくえ》をドアの前《まえ》に移動《いどう》させるのも習慣《しゅうかん》になってしまった。けれど、それでも、ずっと怯《おび》え続《つづ》けているのにも飽《あ》きてしまった。恐《おそ》ろしいことも、日常《にちじょう》になるとやがては慣《な》れるものなのだ。

さりげなく蘇芳《すおう》と孝子《たかこ》の様子《ようす》を観察《かんさつ》していたが、二人《ふたり》はのんびり過《す》ごしているように見えた。孝子《たかこ》はあの時《とき》のような怯《おび》えた顔《かお》を見せることもなかったし、あれは自分《じぶん》の勘違《かんちが》いだったのかな、と思《おも》うようになった。

処分《しょぶん》。毒《どく》。衝撃的《しょうげきてき》なあの言葉《ことば》も、今《いま》は色褪《いろあ》せて、寝付《ねつ》けないと思《おも》っていたのも夢《ゆめ》のうちで、やはりあれは夢《ゆめ》の中で聞《き》いた台詞《せりふ》なのかもしれないと思《おも》い始《はじ》めていた。

「あの鳩《はと》、どこ行《い》っちゃったのかな。」

ふと、ミチルは空を見上げた。

「鳩《はと》？」

憲子《のりこ》が聞《き》き返《かえ》す。

「そう、鳩《はと》。こないだ、図《と》書室《しょしつ》の窓《まど》のところに来《き》たんだけど、あれ以来《いらい》見ないなあ。」

「メメント・モリ。」

憲子《のりこ》がぼそっと呟《つぶや》いた。

「え？　なんて言《い》ったの？」

憲子《のりこ》は一瞬《いっしゅん》、「しまった。」という表情《ひょうじょう》になったが、肩《かた》をすくめて乱暴《らんぼう》に言《い》った。

「メメント・モリ。死《し》を想《おも》え、よ。」

ミチルはきょとんとした。初《はじ》めて聞《き》く言葉《ことば》だった。

「『し』って、なんの『し』？」

「デスよ。死《し》ぬの死《し》。」

憲子《のりこ》はぶっきらぼうに答《こた》える。それでもミチルはきょとんとしていた。

「なあに、それ。」

「昔《むかし》、ヨーロッパでいっとき流行《はや》った言葉《ことば》よ。ペストが大流行《だいりゅうこう》した頃《ころ》じゃなかったかな。絵《え》の中に骸骨《がいこつ》を描《か》き入《い》れるのが流行《りゅうこう》になったんだって。」

「へえ。なんか、悪趣味《あくしゅみ》だなあ。」

「そうね。悪趣味《あくしゅみ》ね。」

憲子《のりこ》は相槌《あいづち》を打《う》った。本を胸《むね》の上にばさりと置《お》き、じっと空を見上げる。

「でもさ、悪趣味《あくしゅみ》なことが、救《すく》いになることもあるのかもね。」

「救《すく》い？」

ミチルは、憲子《のりこ》の声《こえ》の調子《ちょうし》がいつもと違《ちが》うような気がした。

「うん。悪趣味《あくしゅみ》なことする人って、たぶん、それが悪趣味《あくしゅみ》だと分《わ》かっててやってるんだよね。そうやって自分《じぶん》のこと客観的《きゃっかんてき》に見られるのって強《つよ》いよね。自分《じぶん》のこと突《つ》き放《はな》して見るのって、むつかしいもの。」

憲子《のりこ》は、ミチルにではなく、どこか遠《とお》いところに話《はな》しかけているようだった。

「悪趣味《あくしゅみ》も、冷静《れいせい》に現実《げんじつ》を見るって意味《いみ》では、たまには役《やく》に立つんじゃないかな――そう、あたしたちが流《なが》れる花を数《かぞ》えるみたいに。」

「えっ？　花はきれいだし、悪趣味《あくしゅみ》とは違《ちが》うでしょう？」

ミチルは反論《はんろん》した。

憲子《のりこ》は小さく笑《わら》い、ミチルを見た。ミチルはどきっとする。優《やさ》しく、そして淋《さび》しい笑顔《えがお》だった。

「そうか。花はきれい、かあ。そうだよね。」

憲子《のりこ》は「ははっ。」と笑《わら》い、再《ふたた》び本を取《と》り上《あ》げて読《よ》み始《はじ》めた。

と、急《きゅう》に空が暗《くら》くなり、日が翳《かげ》った。

唐突《とうとつ》に生温《なまあたた》かく強《つよ》い風《かぜ》が中庭《なかにわ》を吹《ふ》き抜《ぬ》ける。

「やだ。」

読《よ》んでいたページが乱暴《らんぼう》にめくれ、憲子《のりこ》が顔《かお》をしかめる。

MEMENTO
MORI

「なんだか気持《きも》ち悪《わる》い風《かぜ》。そういえば、大きな低気圧《ていきあつ》が近《ちか》づいてるってラジオで言《い》ってた。」

ミチルは、時々点《ときどきつ》けるラジオのニュースを思《おも》い出《だ》した。食堂《しょくどう》に置《お》いてあった古《ふる》いラジオで、ラジオ本体《ほんたい》のせいなのか電波《でんぱ》のせいなのか、あまりよく入らない。みんなで思《おも》い出《だ》したようにスイッチを入れるが、アンテナを動《うご》かしてもあまり受信状況《じゅしんじょうきょう》はよくならなかった。今朝《けさ》もほんの少《すこ》し天気予報《てんきよほう》が聞《き》こえただけだ。

「低気圧《ていきあつ》か。嫌《や》だな。」

憲子《のりこ》は更《さら》に顔《かお》を歪《ゆが》めた。

「どうして?」

「加奈《かな》に聞《き》いてごらん。」

憲子《のりこ》は、汗《あせ》だくになってジョギングしている加奈《かな》に目をやった。

もうさっきから何周《なんしゅう》しているのか、お城《しろ》の中を走《はし》っている。

「加奈《かな》ちゃんに?」

遠《とお》くで、ゴロゴロという音がした。雷《かみなり》だ。

さっきまでとてもいいお天気だったのに、空の隅《すみ》からどす黒《ぐろ》い雲《くも》が急速《きゅうそく》に近《ちか》づいてくるのが見える。

「雷《かみなり》、嫌《いや》だなあ。」

「ザッと来《き》そうだね。」

憲子《のりこ》はベンチの上に起《お》き上《あ》がった。加奈《かな》が荒《あら》い呼吸《こきゅう》をしながら、二人《ふたり》のいるところにやってくる。

「ああ、もうダメ。情《なさ》けないなあ、すっかりなまっちゃって。」

加奈《かな》は大きく溜息《ためいき》をつき、膝《ひざ》を押《お》さえた。

「凄《すご》い汗《あせ》だよ加奈《かな》ちゃん。」

「加奈《かな》、膝《ひざ》はどう？」

ミチルと憲子《のりこ》が同時《どうじ》に声《こえ》を掛《か》ける。加奈《かな》は左右に首《くび》を振《ふ》った。

「ダメ。もう大丈夫《だいじょうぶ》だろうと思《おも》ったのに、また痛《いた》くなってきちゃった。」

「低気圧《ていきあつ》のせいだよ。この天気、病人《びょうにん》にはつらいね。」

憲子《のりこ》は空を見上げた。

「ああ。」

加奈《かな》もつられて空を見る。見る見るうちに雨雲《あまぐも》がどんどん領域《りょういき》を広《ひろ》げていた。

「降《ふ》りそうだね。」

「ヤバい、洗濯物《せんたくもの》が。」

憲子《のりこ》が腰《こし》を浮《う》かせたその瞬間《しゅんかん》である。

鐘《かね》が鳴《な》り響《ひび》いた。三人とも、ぎょっとして動《うご》きを止《と》める。

鐘《かね》は、続《つづ》けて打《う》ち鳴《な》らされた。一回《かい》、二回《かい》、三回《かい》。

「三回鳴《かいな》ったよ。」

ミチルは加奈《かな》と憲子《のりこ》を見た。

二人《ふたり》とも、凍《こお》り付《つ》いたような顔《かお》をしている。

「誰《だれ》の。」

加奈《かな》がそう言《い》い掛《か》け、口をつぐんだ。

「急《いそ》がなきゃ。」

憲子《のりこ》が立ち上がる。

鐘《かね》が三回鳴《かいな》ったらお地蔵様《じぞうさま》のところに。

花を数《かぞ》えるのはどうでもいいと言《い》ったくせに、鐘《かね》のほうは大事《だいじ》らしい。憲子《のりこ》は、ふだんのけだるい様子《ようす》とは打《う》って変《か》わって、ダッと駆《か》け出《だ》した。加奈《かな》とミチルもそれに続《つづ》く。

ゴロゴロと、雷《かみなり》の音が大きくなった。

地響《じひび》きのように、走《はし》っていく少女《しょうじょ》たちの足元《あしもと》を伝《つた》って追《お》いかけてくる。

お地蔵様《じぞうさま》が見えてきて、もう蘇芳《すおう》と孝子《たかこ》がその前《まえ》にいた。

蘇芳《すおう》はすでに、お地蔵様《じぞうさま》の正面《しょうめん》に立ち、じっと手を合《あ》わせている。

「蘇芳《すおう》。」

加奈《かな》が叫《さけ》んだ。

蘇芳《すおう》は振《ふ》り返《かえ》らない。ぴくりとも動《うご》かず、手を合《あ》わせ、お地蔵様《じぞうさま》を見つめている。孝子《たかこ》は蘇芳《すおう》の肩《かた》にしがみついていた。

「蘇芳《すおう》なの？」

加奈《かな》が怯《おび》えた声《こえ》で呟《つぶや》いた。

「さあ、みんな、手を合《あ》わせて。そういう決《き》まりでしょ。」

蘇芳《すおう》が低《ひく》く言《い》う。

五人は蘇芳《すおう》を囲《かこ》むように並《なら》び、手を合《あ》わせた。ミチルも、戸惑《とまど》いつつも手を合《あ》わせる。

お地蔵様《じぞうさま》の向《む》こうの鏡《かがみ》の中に、青ざめた表情《ひょうじょう》の五人が並《なら》んでいた。

真《ま》ん中《なか》の蘇芳《すおう》は、大きく目を見開《みひら》き、じっと鏡《かがみ》の中の自分《じぶん》を睨《にら》みつけている。その様子《ようす》には、異様《いよう》なものがあった。

孝子《たかこ》が震《ふる》えていた。見ると、泣《な》いている。

「孝子《たかこ》ちゃん？」

ミチルが声《こえ》を掛《か》けたとたん、ピカッと空に閃光《せんこう》が走《はし》り、辺《あた》りが真《ま》っ白《しろ》になった。一呼吸置《ひとこきゅうお》いて、ガラガラガラと凄《すさ》まじい雷鳴《らいめい》が世界《せかい》を包《つつ》んだ。

「きゃっ。」「落《お》ちたっ。」

少女《しょうじょ》たちは頭《あたま》を抱《かか》えて叫《さけ》んだが、ミチルは、閃光《せんこう》の中でも蘇芳《すおう》が身動《みじろ》ぎもせずに鏡《かがみ》を睨《にら》みつけているのを見た。

蘇芳《すおう》？　何《なに》が起《お》きたの？

ミチルは混乱《こんらん》した。しかし、何《なに》をどう聞《き》いたらいいのかも分《わ》からない。降《ふ》り出《だ》した雨を横目《よこめ》に、ひたすら手を合《あ》わせるしかなかった。

いったい、どのくらい手を合《あ》わせていただろう。ようやく蘇芳《すおう》が手を下ろし、「部屋《へや》に戻《もど》りましょう。」と言《い》った時《とき》には、大粒《おおつぶ》の雨がザアザアと地面《じめん》を叩《たた》き、屋《や》根《ね》の下にいたのに少女《しょうじょ》たちは誰《だれ》もがずぶ濡《ぬ》れになっていた。

その日の夕食《ゆうしょく》は、なんとなくみんなが悄然《しょうぜん》としていた。理由《りゆう》は分《わ》からないが、あの鐘《かね》のせいであることは確《たし》かだった。

しかし、蘇芳《すおう》だけはいつも通《どお》り毅然《きぜん》としていて、黙々《もくもく》と食事当番《しょくじとうばん》をこなしている。ミチルも手伝《てつだ》ったものの、みんな食欲《しょくよく》がないようだ。

雨は夜《よる》になっても降《ふ》り続《つづ》いていて、なかなか止《や》みそうにない。食事《しょくじ》が終《お》わっても、その日はみんな自分《じぶん》の部屋《へや》に引《ひ》き返《かえ》そうとしなかった。かといって、話《はなし》をするわけでもなく、俯《うつむ》いてテーブルに着《つ》いたままだ。

雨の音だけががらんとした食堂《しょくどう》に響《ひび》き渡《わた》っている。

「ええと、トランプでもしない？」

ミチルは、ためらいがちに提案《ていあん》した。

みんなが疲《つか》れたような目でミチルを見る。

「トランプ、しようよ。トランプ、どこかで見たよ。確《たし》か、ラジオの入ってた戸棚《とだな》にあったよ。」

蘇芳《すおう》と孝子《たかこ》がハッとして顔《かお》を見合《みあ》わせるのを見たような気がしたが、ミチルはパッと食堂《しょくどう》の隅《すみ》っこにある古《ふる》い戸棚《とだな》に駆《か》け寄《よ》り、勢《いきお》いよく観音開《かんのんびら》きになった扉《とびら》を開《ひら》いた。

中から、茶色《ちゃいろ》の袋《ふくろ》が飛《と》び出《だ》してきた。

かなりの重《おも》さがあるものらしく、扉《とびら》を開《あ》けたことで支《ささ》えを失《うしな》い、落《お》ちてきたのだ。

「あれ、いつのまにこんなのが。」

ミチルはぶつぶつ言《い》いながら、袋《ふくろ》を戻《もど》そうと手を伸《の》ばした。

「触《さわ》っちゃダメ！」

蘇芳《すおう》が鋭《するど》く叫《さけ》び、ミチルはびくっとして伸《の》ばした手を止《と》める。

「え？」

ミチルは、蘇芳《すおう》を見るべきなのか、袋《ふくろ》を見るべきなのか迷《まよ》ったが、目は袋《ふくろ》に釘《くぎ》づけになっていた。

袋《ふくろ》の口が開《ひら》いている。

そして、中から灰色《はいいろ》のものが姿《すがた》を覗《のぞ》かせていた。

その灰色《はいいろ》のものには、黒《くろ》っぽいものがこびりついている。

ミチルは、自分《じぶん》が見ているものが何《なに》か分《わ》からず、しげしげとそれを覗《のぞ》き込《こ》んだ。

が、次《つぎ》の瞬間《しゅんかん》、それが何《なん》なのか悟《さと》り、「ひっ。」と反射的《はんしゃてき》に飛《と》びのいた。

鳩《はと》。


ミチルはじりじりと後《あと》ずさりをした。

袋《ふくろ》から飛《と》び出《だ》しているのは、ビニールに包《つつ》まれている死《し》んだ鳩《はと》だった。それもたくさん。

灰色《はいいろ》の山鳩《やまばと》の、つぶらな瞳《ひとみ》がこちらを見上げている。こびりついている黒《くろ》っぽいものは乾《かわ》いた血《ち》だった。

「な、なんで、こんなところに。」

ミチルは答《こた》えを求《もと》めるようにみんなの顔《かお》を見回《みまわ》した。

しかし、みんなは無表情《むひょうじょう》にミチルを見つめている。

鳩《はと》の目のように、何《なに》も感情《かんじょう》を湛《たた》えていない黒《くろ》い瞳《ひとみ》が、四対《つい》の目が、ミチルを。

殺《ころ》される。

ミチルは、不意《ふい》に恐怖《きょうふ》を覚《おぼ》えた。

あたしは、みんなに殺《ころ》される。亜季代《あきよ》の次《つぎ》はあたしなんだ。きっとあたしが処分《しょぶん》されるんだ。

「ミチルちゃん。」

蘇芳《すおう》が静《しず》かに呟《つぶや》き、一歩《いっぽ》前《まえ》に出た。ミチルは反射的《はんしゃてき》に一歩《いっぽ》後退《あとずさ》る。

「あのね、ミチルちゃん。」

そう蘇芳《すおう》が口を開《ひら》いた時《とき》、カーン、という音がした。

みんなが一斉《いっせい》に天井《てんじょう》を見上げる。

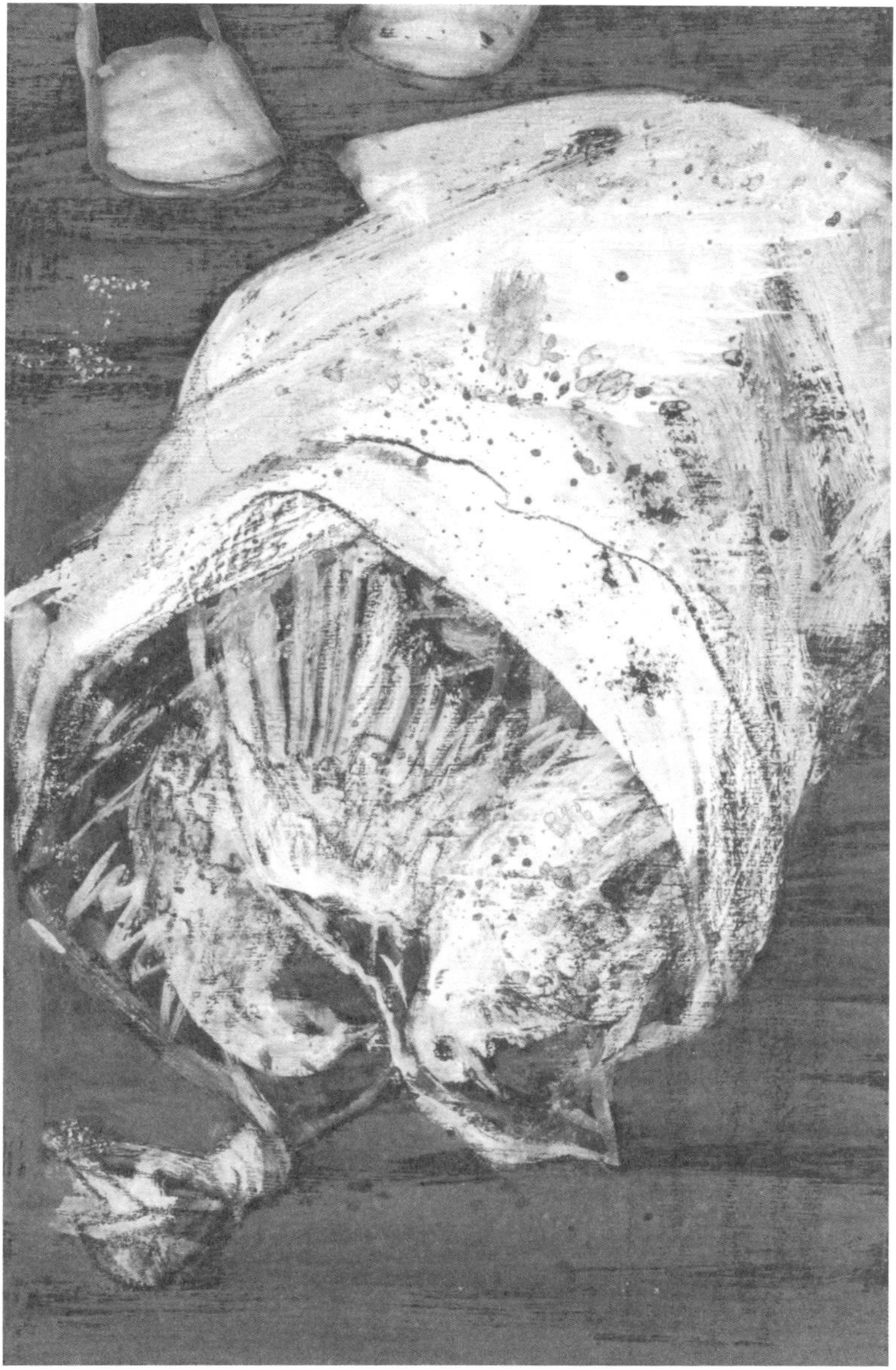

「鐘《かね》？」

「鐘《かね》だわ。」

大雨の音にくぐもっているが、確《たし》かに鐘《かね》が鳴《な》っている。


一度《ど》、二度《ど》、三度《ど》。


「まさか。同《おな》じ日にまた鐘《かね》が鳴《な》るなんて。」

加奈《かな》が青ざめた顔《かお》で呟《つぶや》いた。

「でも、三回確《かいたし》かに鳴《な》ったわ。」

「今度《こんど》はいったい。」

少女《しょうじょ》たちはざわめき、顔《かお》を見合《みあ》わせた。

が、蘇芳《すおう》が何《なに》か思《おも》いついたようにミチルの顔《かお》を見る。

みんなもつられたようにハッとしてミチルを見た。

「なんなの？」

ミチルは更《さら》に一歩《いっぽ》後退《あとずさ》りをした。

「あたし？　やっぱりあたしを消《け》すの？　亜季代《あきよ》ちゃんの次《つぎ》はあたしなの？」

「何《なに》を言《い》ってるの、ミチル？」

加奈《かな》がぽかんとした顔《かお》になった。

「それより、急《いそ》ぎましょう。お地蔵様《じぞうさま》のところに。」

憲子《のりこ》が叫《さけ》ぶ。

「そうよ、行《い》くわよ。」

蘇芳《すおう》が頷《うなず》いた。

「何《なん》なの、こんな時《とき》に、お地蔵様《じぞうさま》だなんて。あの鳩《はと》はどうしたの。」

ミチルはわめいた。

「鳩《はと》なんかどうでもいいわ、ミチル、行《い》くのよ。」

蘇芳《すおう》と加奈《かな》がミチルの両腕《りょううで》をつかんだ。

「いやだ、殺《ころ》さないで。」

ミチルは必死《ひっし》に踏《ふ》みとどまろうとするが、二人《ふたり》に左右から引《ひ》っ張《ぱ》られてはどうしようもない。

雨は激《はげ》しく降《ふ》り続《つづ》いていた。

冷《つめ》たいしぶき、吹《ふ》きつける風《かぜ》。真《ま》っ暗《くら》で、何《なに》も見えない。

その中を、少女《しょうじょ》たちはお地蔵様目《じぞうさまめ》指《ざ》して走《はし》っていった。


嫌《いや》だ嫌《いや》だ、処分《しょぶん》されるのは嫌《いや》だ。


ミチルは声《こえ》にならない声《こえ》で叫《さけ》んでいたが、どんどん引《ひ》きずられていき、再《ふたた》びお地蔵様《じぞうさま》の前《まえ》にやってきていた。

「さあ、ミチル、手を合《あ》わせるのよ。お地《じ》蔵様《ぞうさま》の正面《しょうめん》に立って。」

「そんな、どうでもいい、放《はな》して、あたし帰《かえ》る、こんな林間学校《りんかんがっこう》、やめる。」

ミチルはパニックに陥《おちい》っていた。

「ミチル。」

ほっぺたがぱあんと鳴《な》った。

熱《あつ》い。

ミチルは棒立《ぼうだ》ちになった。

蘇芳《すおう》に平手打《ひらてう》ちを食《く》らったのだ。

蘇芳《すおう》が顔《かお》を歪《ゆが》めていた。泣《な》いている。

「蘇芳《すおう》。」

ミチルは呆然《ぼうぜん》と呟《つぶや》いた。ひりひりとほっぺたが痛《いた》む。

どうして叩《たた》いたほうの蘇芳《すおう》が泣《な》いているのだろう。さっきまであんなに平然《へいぜん》としていたのに。

「蘇芳《すおう》。」

加奈《かな》が声《こえ》を掛《か》けると、蘇芳《すおう》は突然《とつぜん》、大声《おおごえ》を上げて泣《な》き崩《くず》れた。うずくまり、両《りょう》手《て》を顔《かお》に当《あ》てて、身体《からだ》を震《ふる》わせて激《はげ》しく泣《な》きじゃくる。

孝子《たかこ》が駆《か》け寄《よ》って、蘇芳《すおう》の肩《かた》を抱《だ》きかかえた。

「もう無理《むり》だったんだよ、蘇芳《すおう》。これ以上《いじょう》、隠《かく》しおおせないよ。」

孝子《たかこ》も泣《な》きながら、蘇芳《すおう》の背中《せなか》をさすっている。

蘇芳《すおう》は悲鳴《ひめい》のような泣《な》き声《ごえ》を上げた。あの蘇芳《すおう》が、いつも落《お》ち着《つ》いていてみんなが頼《たよ》っている蘇芳《すおう》が、身《み》をよじって泣《な》き叫《さけ》んでいる。獣《けもの》のような泣《な》き声《ごえ》は、激《はげ》しい雨の音と混《ま》じり合《あ》っていた。

ミチルはのろのろとみんなの顔《かお》を見回《みまわ》した。

「ミチル、お地蔵様《じぞうさま》に手を合《あ》わせなよ。」

憲子《のりこ》が淡々《たんたん》と言《い》った。

「そこの正面《しょうめん》を見て。じっと鏡《かがみ》をね。」

ミチルが憲子《のりこ》の指差《ゆびさ》すところを見ると、呆然《ぼうぜん》としたままの自分《じぶん》の顔《かお》が鏡《かがみ》の中に映《うつ》っていて、まるで他人《たにん》のように見えた。

「大木《おおき》ミチルちゃんです。」

加奈《かな》が、ミチルの肩《かた》を抱《だ》くようにして、お地蔵様《じぞうさま》の正面《しょうめん》に立たせた。

ミチルは、鏡《かがみ》の中に並《なら》んでいる加奈《かな》を見た。

加奈《かな》も、鏡《かがみ》の中にいるミチルを見ている。

やがて、彼女《かのじょ》はこう言《い》った。

「さあ、ミチル、鏡《かがみ》の向《む》こうのお父《とう》さんに、ちゃんと顔《かお》を見せてあげて。」

第八章　夏《なつ》の人との対話《たいわ》

「夏《なつ》の人」が、お城《しろ》のてっぺんの鐘楼《しょうろう》に立っていた。

望遠鏡《ぼうえんきょう》を手に握《にぎ》り、覗《のぞ》きこんでいるところは、どちらかといえば船《ふね》にでも乗《の》っているように見える。

彼《かれ》は普段《ふだん》はお城《しろ》の外《そと》に住《す》んでいるが、たまにああして訪《たず》ねてきて、鐘楼《しょうろう》に登《のぼ》って遠《とお》くを眺《なが》めているというのだった。


夏《なつ》も半《なか》ばを過《す》ぎて、うんざりするような残暑《ざんしょ》が続《つづ》いている。

五人の少女《しょうじょ》たちは、中庭《なかにわ》の噴水《ふんすい》の周《まわ》りで、スイカを食《た》べていた。

物憂《ものう》げな午後《ごご》。

みんな黙々《もくもく》とスイカをかじり、時折《ときおり》プッと種《たね》を吐《は》き出《だ》す。

「――じゃあ、あの人だけが。」

ミチルは遠《とお》くに見える緑色《みどりいろ》の男に目をやった。聞《き》こえるはずもないのに、つい声《こえ》を潜《ひそ》めてしまう。

蘇芳《すおう》が静《しず》かに頷《うなず》いた。

「ええ。緑色感冒《りょくしょくかんぼう》の完璧《かんぺき》な免疫《めんえき》を持《も》っているの。だから、あたしたちとシェルターとのあいだを、あの人だけが行《ゆ》き来《き》できるのよ。」

「じゃあ、あの緑色《みどりいろ》の肌《はだ》は。」

「熱《ねつ》は下がって元気《げんき》になった今《いま》も、どうしても元《もと》に戻《もど》らないんだって。」

「そうなんだ。だから、あんなふうに。」

ミチルは、旗《はた》を持《も》って歩《ある》いてきた「夏《なつ》の人」の姿《すがた》を思《おも》い浮《う》かべた。

「一族《いちぞく》の中で、あの人だけが生《い》き残《のこ》ったんだって。家族《かぞく》もみんな死《し》んでしまって、彼《かれ》だけが回復《かいふく》したの。うちの両親《りょうしん》は、彼《かれ》の血《ち》を調《しら》べて、ワクチンができないかずっと研究《けんきゅう》していたわ。とうとう完成《かんせい》しなかったけど。」

蘇芳《すおう》はそう言《い》って微笑《ほほえ》んだ。

ミチルはうつむいた。

「蘇芳《すおう》、ごめんなさい。本当《ほんとう》に、ごめん。」

いたたまれなさに、顔《かお》から火が出そうだった。

そっと手が伸《の》びてきて、肩《かた》に置《お》かれた。

「ううん、謝《あやま》らなきゃならないのはあたしのほう。ミチルのお母《かあ》さんに、あたしたち絶対黙《ぜったいだま》ってるって約束《やくそく》したんだもの。」

蘇芳《すおう》はゆるやかに首《くび》を振《ふ》った。


「——お父《とう》さん？　あたしの？」

あの時《とき》、ミチルはあっけに取《と》られるしかなかった。

それは、これまでほとんど使《つか》ったことのない言葉《ことば》だった。

なにしろ、ミチルは物心《ものごころ》ついた時《とき》には既《すで》に母《はは》と二人暮《ふたりぐ》らしで、父《ちち》に会《あ》ったことはなかったからだ。

「そう。そこのお地蔵様《じぞうさま》の後《うし》ろを見てごらん。数字《すうじ》が見えるでしょ。」

ミチルは恐《おそ》る恐《おそ》るのぞきこんだ。鏡《かがみ》の下のところに小さな電光掲示板《でんこうけいじばん》があり、「566」という数字《すうじ》が赤く浮《う》かび上《あ》がっている。

「それがミチルのお父《とう》さんの番号《ばんごう》。その番号《ばんごう》の人が、この向《む》こう側《がわ》にいる。」

ミチルは頭《あたま》を上げ、鏡《かがみ》を見つめた。

「ミチルのお父《とう》さんは、今《いま》、鏡《かがみ》の向《む》こうでミチルを見てる。たぶんもう意識《いしき》の混濁《こんだく》が始《はじ》まってるんだ。」

加奈《かな》が静《しず》かに言《い》った。

「ミチルのお父《とう》さんは、ミチルが小さい頃《ころ》に離婚《りこん》して、別《べつ》のところに住《す》んでいた。農業指導《のうぎょうしどう》の仕事《しごと》をしていて、長《なが》いこと海外生活《かいがいせいかつ》をしているうちに緑色感冒《りょくしょくかんぼう》にかかったんだって。」

「緑色感冒《りよくしよくかんぼう》に？」

それは、今世紀《こんせいき》初《はじ》め、世界《せかい》で猛威《もうい》を振《ふ》るった恐《おそ》ろしい病気《びょうき》だった。よくあるインフルエンザかと思《おも》われていたが、それは異《こと》なっていた。しばらく微熱《びねつ》や咳《せき》が続《つづ》いて普通《ふつう》の風邪《かぜ》に見えるのだが、やがて高熱《こうねつ》を発《はっ》して全身《ぜんしん》が緑色《みどりいろ》になる。緑色《みどりいろ》になった患者《かんじゃ》は、次第《しだい》に重《おも》い肺炎《はいえん》を起《お》こし、呼吸困難《こきゅうこんなん》で死《し》んでしまう。

緑色感冒《りよくしよくかんぼう》と呼《よ》ばれたその病気《びょうき》は、感染率《かんせんりつ》も致死率《ちしりつ》も高《たか》く、世界《せかい》をパニックに陥《おとしい》れた。

しかし、身体《からだ》が緑色《みどりいろ》にならないうちは他人《たにん》への感染率《かんせんりつ》はそんなに高《たか》くなく、その時期《じき》の患者《かんじゃ》から感染《うつ》っても重篤化《じゅうとくか》しないことが分《わ》かってきた。だから、身体《からだ》が緑色《みどりいろ》になるまえに適切《てきせつ》な治療《ちりょう》を施《ほどこ》せば完治《かんち》するし、身体《からだ》が緑色《みどりいろ》になった時点《じてん》で隔離《かくり》すれば感染《かんせん》が防《ふせ》げるようになったのである。

ただ、身体《からだ》が緑色《みどりいろ》になるほどに症状《しょうじょう》が進《すす》むとまず助《たす》からないし、この時期《じき》の他人《たにん》への感染力《かんせんりょく》は非常《ひじょう》に強《つよ》く、しかも感染《かんせん》した相手《あいて》も必《かなら》ず重篤化《じゅうとくか》する。つまり、緑《みどり》色《いろ》の肌《はだ》になることは、死《し》を覚悟《かくご》しなければならないということなのだった。

ここ十数年《すうねん》は、町の中でそこまで症状《しょうじょう》が進《すす》んだ患者《かんじゃ》を目にすることはなくなった。

初期《しょき》の治療《ちりょう》で治《なお》る患者《かんじゃ》が増《ふ》えたことと、そこまで症状《しょうじょう》が進《すす》むようなことがあればすぐに隔離《かくり》され、「シェルター」と呼《よ》ばれる専門《せんもん》の施設《しせつ》に送《おく》られるようになったからだ。

そして、ここ夏流《かなし》は、最大《さいだい》の「シェルター」を併設《へいせつ》した病院《びょういん》があるため、あちこちから患者《かんじゃ》とその家族《かぞく》が移《うつ》り住《す》んでくるようになったのだという。

「じゃあ、町の中にある冬《ふゆ》のお城《しろ》というのは。」

ミチルは、蘇芳《すおう》の話《はなし》を思《おも》い浮《う》かべていた。

窓《まど》を潰《つぶ》したお城《しろ》。

「あれは、まだ流行《りゅうこう》が続《つづ》いていた時《とき》に、感染《かんせん》を避《さ》けるためにみんなが立てこもったんだと言《い》われてる。窓《まど》を塞《ふさ》いで、外部《がいぶ》と接触《せっしょく》しないようにずいぶん長《なが》いあいだあそこで暮《く》らしてたんだって。」

そんな歴史《れきし》があったのか。

「ミチルのお父《とう》さんは、緑色感冒《りょくしょくかんぼう》にかかったと気《き》が付《つ》くのが遅《おく》れて、仕事《しごと》をしながら転院《てんいん》して治療《ちりょう》を続《つづ》けていたけど、今年《ことし》に入ってから急速《きゅうそく》に症状《しょうじょう》が進《すす》んだんだそうだ。それで、ここの『シェルター』に来《く》ることになった。もう自分《じぶん》は助《たす》からないと思《おも》って、ミチルのお母《かあ》さんに、ミチルに会《あ》わせてほしいと頼《たの》んだんだって。」

「だから、ミチルをここに。」

蘇芳《すおう》が、洟《はな》をすすりあげながら、よろりと立ち上がった。

「蘇芳《すおう》。」

孝子《たかこ》が支《ささ》える。

「じゃあ、この林間学校《りんかんがっこう》は。」

ミチルはぼんやりと呟《つぶや》いた。

頭《あたま》の中に、これまでのいろいろなことが浮《う》かんでくる。何重《なんじゅう》にも外《そと》から隔《へだ》てられた島《しま》。その中のお城《しろ》。つまり、それというのは――

蘇芳《すおう》は目をこすりながら頷《うなず》いた。かなり落《お》ち着《つ》いてきたようだ。

「そうなの。『シェルター』と病院《びょういん》はこのお城《しろ》の地下《ちか》にあるの。地下《ちか》の隔離《かくり》された施設《しせつ》で、みんな治療《ちりょう》を受《う》けているの。だから、林間学校《りんかんがっこう》にやってくるのは、もう助《たす》かる見込《みこ》みのない――はっきり言《い》って、夏休《なつやす》み中、いつ亡《な》くなっても不思議《ふしぎ》ではないほど重《おも》い病状《びょうじょう》の親《おや》がいる子だけがここに来《く》るの。ここだったら、マジックミラー越《ご》しに、子供《こども》たちに会《あ》うことができるから。」

重症患者《じゅうしょうかんじゃ》の子供《こども》のみ。

だから、これしか人数《にんずう》がいなかったのだ。

ミチルは頭《あたま》をがつんと殴《なぐ》られたような気がした。

「じゃあ、じゃあ、前《まえ》にもここに来《き》たことがあるっていうのは、まさか、以前《いぜん》にも。」

「蘇芳《すおう》の両親《りょうしん》は、どっちもお医者《いしゃ》さんだったんだ。」

加奈《かな》がそっと口を開《ひら》いた。

「ずっと緑色感冒《りょくしょくかんぼう》の治療方法《ちりょうほうほう》を研究《けんきゅう》してた。」

「一昨年《おととし》は父《ちち》が。」

蘇芳《すおう》はそう呟《つぶや》いた。

「そして、今年《ことし》は――さっき母《はは》が――たぶんもう――。」

声《こえ》が震《ふる》える。

「そんな。」

ミチルは自分《じぶん》の目に涙《なみだ》が溢《あふ》れてくるのを感《かん》じた。

あんなに毅然《きぜん》として、じっと鏡《かがみ》を見つめていた蘇芳《すおう》。孝子《たかこ》の声《こえ》が蘇《よみがえ》る。

蘇芳《すおう》さんはすごい。あたしにはあんなこと、耐《た》えられない。

あれはこのことを指《さ》していたのだ。両親《りょうしん》を続《つづ》けて、緑色感冒《りょくしょくかんぼう》で失《うしな》うだなんて。しかも、感染率《かんせんりつ》が高《たか》いから、死《し》にぎわに直《じか》に会《あ》うこともできないなんて。

蘇芳《すおう》は洟《はな》をすすった。

「小さな頃《ころ》から言《い》い聞《き》かされてたの。いつなんどき、私《わたし》たちは緑色感冒《りょくしょくかんぼう》にやられるか分《わ》からないから、覚悟《かくご》しておくのよって。それが私《わたし》たちの仕事《しごと》なのって。」

「そんな、そんな、ひどい。」

ミチルは蘇芳《すおう》を抱《だ》きしめた。蘇芳《すおう》もぎゅっと抱《だ》きしめてくれた。

「ごめんなさい、蘇芳《すおう》、あたし、全然違《ぜんぜんちが》うこと考《かんが》えてて。」

「分《わ》かってる。ミチルは何《なに》も知《し》らなかったし、ミチルのお母《かあ》さんは、ミチルのお父《とう》さんのことは内緒《ないしょ》にしといてほしいって言《い》ってたの。混乱《こんらん》させちゃってごめん。でも、説明《せつめい》するわけにはいかなかった。」

「じゃあ、あの鳩《はと》は。孝子《たかこ》ちゃんがびっくりしてたのは。」

茶色《ちゃいろ》の袋《ふくろ》からはみ出た鳩《はと》。ガラス玉のようなつぶらな瞳《ひとみ》。

ふと、孝子《たかこ》の顔《かお》を見る。

「島《しま》の中には、小動物《しょうどうぶつ》はいないはずなの。こうして幾重《いくえ》にも壁《かべ》があるのは、実《じつ》は音波《おんぱ》を出して、小動物《しょうどうぶつ》が入ってこないようにしているからなのよ。あたしたちをよもやの感染《かんせん》から守《まも》るために。」

孝子《たかこ》も目を真《ま》っ赤《か》にしていた。

「特《とく》に、鳥《とり》はウイルスを運《はこ》ぶことがあって、警戒《けいかい》されているの。あの時《とき》はびっくりしたわ、ここにはいないはずの鳩《はと》が、すぐそばにいるんだもの。」

「だからあんな顔《かお》をしたんだね。」

「そう。かわいそうだけど、この中では、鳥《とり》には毒《どく》の入った餌《えさ》を食《た》べさせて、焼却処分《しょうきゃくしょぶん》にしなくちゃならないの。次《つぎ》に『夏《なつ》の人』が来《く》るまであそこの戸棚《とだな》に隠《かく》しておくつもりだったんだけど、まさかミチルちゃんが開《あ》けるなんて思《おも》わなかった。」

「ごめんなさい。」

ミチルの目に、また涙《なみだ》が溢《あふ》れてきた。

淋《さび》しいお城《しろ》。淋《さび》しいはずだ。もうすぐ親《おや》を亡《な》くす子供《こども》たちが集《あつ》まっているのだから。

「お父《とう》さん、ミチルちゃんは強《つよ》い子です。ちゃんとやっていきますよ。あたしたちも付《つ》いてますから。」

加奈《かな》が鏡《かがみ》に向《む》かってそう言《い》った。

かすかに、どこからか呻《うめ》き声《ごえ》のようなものが聞《き》こえてきた。

「お父《とう》さん。」

ミチルは思《おも》わず叫《さけ》んだ。泣《な》いているような、唸《うな》っているような声《こえ》。

以前《いぜん》、ここで似《に》たような声《こえ》が聞《き》こえたのは、ひょっとして、あの時《とき》も向《む》こう側《がわ》にお父《とう》さんがいたのかもしれない。

ミチルは鏡《かがみ》に手を当《あ》てた。向《む》こうに。向《む》こうに、お父《とう》さんが。

だが、声《こえ》は聞《き》こえなくなった。呼《よ》びかけても、静《しず》まり返《かえ》っている。

「もう、病室《びょうしつ》に戻《もど》ったんだと思《おも》う。」

蘇芳《すおう》が囁《ささや》くように言《い》った。

「鐘《かね》を鳴《な》らす時《とき》は、もう本当《ほんとう》に危《あぶ》ない時《とき》だから。」

三回鐘《かいかね》が鳴《な》ったら、いつでもすぐにお地蔵様《じぞうさま》に駆《か》けつけること。

それは、こういう理由《りゆう》だったのだ。

「ごめんね、みんな。ありがとう、みんな。」

ミチルは涙《なみだ》が流《なが》れるまま、頭《あたま》を下げた。

「ううん。たぶん、もうすぐ、あたしたちも。」

加奈《かな》は孝子《たかこ》や憲子《のりこ》と顔《かお》を見合《みあ》わせた。

その表情《ひょうじょう》には、あきらめと共感《きょうかん》が滲《にじ》んでいる。

ミチルは改《あらた》めて、自分《じぶん》たちの境遇《きょうぐう》にぞっとした。

そうなのだ。彼女《かのじょ》たちの親《おや》も、今《いま》まさに死《し》に瀕《ひん》している。いつまた鐘《かね》が鳴《な》るか分《わ》からないのだ。

ミチルはハッとした。

「じゃあ、亜季代《あきよ》ちゃんは？　亜季代《あきよ》ちゃんはどこに行《い》ったの？」

少女《しょうじょ》たちの表情《ひょうじょう》が変《か》わった。目をそらし、顔《かお》を歪《ゆが》める。

「亜季代《あきよ》は——亜季代《あきよ》も。」

加奈《かな》の目から涙《なみだ》がこぼれる。

「まさか、緑色感冒《りょくしょくかんぼう》に？」

ミチルは加奈《かな》に詰《つ》め寄《よ》った。

「違《ちが》う。亜季代《あきよ》は、もういない。あのいなくなった日の夜《よる》、亡《な》くなったんだ。」

「えっ。」

亜季代《あきよ》が死《し》んだ。

ミチルは頭《あたま》の中が真《ま》っ白《しろ》になった。

「なんで。なんで？」

「亜季代《あきよ》もお母《かあ》さんが、向《む》こう側《がわ》にいた。でも、実《じつ》は亜季代《あきよ》本人《ほんにん》も病気《びょうき》だったんだ。」

「病気《びょうき》？　亜季代《あきよ》ちゃんが？　なんの？」

「脳腫瘍《のうしゅよう》だよ。」

「まさか。」

亜季代《あきよ》の笑顔《えがお》が蘇《よみがえ》る。

ミチルちゃん、ミチルちゃん。あたし、ミチルちゃんが機長《きちょう》の飛行機《ひこうき》、乗《の》りたいな。

「本人も知《し》ってた。もう手遅《ておく》れだった。ここだったら、容体《ようだい》が急変《きゅうへん》しても『シェルター』の救急室《きゅうきゅうしつ》に運《はこ》びこめる。だから、林間学校《りんかんがっこう》に。相当《そうとう》、頭《あたま》は痛《いた》かったはずだけど、あの子、いつもニコニコしてた。あたしたちが知《し》ってるの、知《し》ってたから。でも、かなり頭《あたま》の中が圧迫《あっぱく》されてたみたい。あいつ、ミチルに何度《なんど》も同《おな》じ話《はなし》して、前《まえ》に話《はな》したこと忘《わす》れてただろ？」

このあいだはお花の先生って言《い》ってたじゃない。

ミチルはショックを受《う》けた。

あれは、のんびりしてるからじゃなくて、病気《びょうき》のせいだったの？

「あの日は、朝《あさ》から相当頭《そうとうあたま》が痛《いた》かったらしい。いったん部屋《へや》に引《ひ》き揚《あ》げたけど、そのあと具合《ぐあい》が悪《わる》くなって。たぶん、脳《のう》の中で大出血《だいしゅっけつ》したんだね。痛《いた》い痛《いた》いって叫《さけ》んで、飛《と》びだしてきたんだ。あたしの部屋《へや》の前《まえ》のひまわりをなぎ倒《たお》して。」

加奈《かな》の目から、大粒《おおつぶ》の涙《なみだ》がこぼれた。

「追《お》いかけたけど、もうあたしが誰《だれ》かも分《わ》からなくなってた。で、最後《さいご》にあの池《いけ》に飛《と》び込《こ》んで、頭《あたま》を打《う》ちつけて。」

水たまりのできた噴水《ふんすい》。足跡《あしあと》がなかった。

「別《べつ》に、謎《なぞ》でも何《なん》でもなかったの。鐘《かね》を鳴《な》らしたのは、亜季代《あきよ》を運《はこ》び出《だ》すため。」

蘇芳《すおう》がのろのろと話《はな》し始《はじ》めた。

「みんなで気絶《きぜつ》した亜季代《あきよ》を毛布《もうふ》に包《つつ》んで運《はこ》び出《だ》したの。でも、ちょうどミチルはあの時遅《ときおく》れてきた。あなた、亜季代《あきよ》の病気《びょうき》のことも知《し》らなかったし、そのまま、口裏《くちうら》を合《あ》わせて不可解《ふかかい》な事件《じけん》ってことにしたの。」

ちょっとおかしなことがあったのよ。

あの時《とき》、蘇芳《すおう》はそう言《い》って、先に立っていったっけ。加奈《かな》と目で合図《あいず》していたのは、亜季代《あきよ》が倒《たお》れたことをあたしに隠《かく》すことを確認《かくにん》したのだ。

「すぐに集中治療室《しゅうちゅうちりょうしつ》に入ったけど、もうダメだったって。二度《にど》と意識《いしき》は戻《もど》らなかったって。」

憲子《のりこ》が淡々《たんたん》と言《い》った。

「亜季代《あきよ》ちゃん。」

ミチルはぼんやり呟《つぶや》いた。

ミチルちゃん——

ニコニコしながら線香花火《せんこうはなび》をしていた亜季代《あきよ》。

帰《かえ》っちゃうからじゃない？

もうこの世《よ》にいない人。

花火が消《き》えてさみしいのは、正しいの——


分《わ》かってたの？　亜季代《あきよ》ちゃん。自分《じぶん》の運命《うんめい》を、予感《よかん》していたの？

亜季代《あきよ》ちゃんも、帰《かえ》ってしまったの？

亜季代《あきよ》の声《こえ》が、顔《かお》が、遠《とお》ざかっていく。

「もう家《いえ》に帰《かえ》って、お葬式《そうしき》も終《お》わってる。あたしたちもここから出たら、お墓《はか》参《まい》りに行《い》こう。」

加奈《かな》がそう言《い》った。

ここから出たら。つまりそれは、みんなが親《おや》を亡《な》くしたら、ということなのだ。

だから、蘇芳《すおう》はあたしたちに選択権《せんたくけん》はなく、いつ林間学校《りんかんがっこう》が終《お》わるか分《わ》からないと言《い》っていたのだ。

あれが、あたしたちの——淋《さび》しいあたしたちの、お城《しろ》なの。

蘇芳《すおう》の声《こえ》が鮮《あざ》やかに蘇《よみがえ》る。

あたしたちの夏流城《かなしろ》。奇妙《きみょう》な、淋《さび》しい夏《なつ》——

「戻《もど》ろう。みんなで、蘇芳《すおう》のお母《かあ》さんとミチルのお父《とう》さんのために祈《いの》ろう。」

加奈《かな》の言葉《ことば》に、みんなが頷《うなず》く。

もう一度《いちど》お地蔵様《じぞうさま》に向《む》かって手を合《あ》わせ、雨の中、少女《しょうじょ》たちは手を繋《つな》いで食堂《しょくどう》までゆっくりと戻《もど》っていったのだ——

入道雲《にゅうどうぐも》が遠《とお》くに峰《みね》を作《つく》っている。

スイカはあらかたなくなり、白と緑《みどり》の皮《かわ》だけが三日月の形《かたち》で残《のこ》されていた。少女《しょうじょ》たちはぼんやりと、雲《くも》を、「夏《なつ》の人」を眺《なが》めていた。

おととい、彼女《かのじょ》たちにとって最後《さいご》の鐘《かね》が鳴《な》った。

蘇芳《すおう》の母《はは》とミチルの父《ちち》が亡《な》くなってから二日後《ふつかご》に加奈《かな》のお父《とう》さんが、その翌日《よくじつ》に憲子《のりこ》のお母《かあ》さん、そして、それから三日《みっか》経《た》ったおととい、昼過《ひるす》ぎに鐘《かね》が鳴《な》り、孝子《たかこ》のお父《とう》さんが亡《な》くなったのだ。みんなで抱《だ》き合《あ》って泣《な》いた。

「夏《なつ》の人」が鐘楼《しょうろう》を降《お》りてこちらに向《む》かって歩《ある》いてくる。

「どう？　あんたたち、宿題《しゅくだい》は終《お》わった？」

「夏《なつ》の人」の声《こえ》は、サバサバしていて明《あか》るかった。

「はい、もうほとんど。」

蘇芳《すおう》の声《こえ》もサバサバしている。

「あんたたちを迎《むか》えに来《く》る日が決《き》まった。週明《しゅうあ》けの月曜日《げつようび》。朝十時《あさじ》に来《く》るから、荷物《にもつ》まとめて、お城《しろ》を掃除《そうじ》しておいて。」

「はーい。」

みんなで声《こえ》を揃《そろ》えて返事《へんじ》をする。

「あんたたち、よく頑張《がんば》ったね。悲《かな》しみは夏流城《かなしろ》の水路《すいろ》に流《なが》していきなさい。ここを出たら、未来《みらい》のことだけ考《かんが》えなさい。いなくなった人の分《ぶん》も、しっかり生きるの。」

みんなが無言《むごん》で頷《うなず》く。

「夏《なつ》の人」の声《こえ》は、しっかりしていて力強《ちからづよ》かった。

「佐藤先生《さとうせんせい》は、最後《さいご》の最後《さいご》まで研究《けんきゅう》を続《つづ》けていて、絶対《ぜったい》にあきらめなかった。」

蘇芳《すおう》はハッと顔《かお》を上げたが、その時《とき》には「夏《なつ》の人」はもうすたすたと歩《ある》き始《はじ》めていた。

「じゃ、ね。月曜《げつよう》に。」

「夏《なつ》の人」はそう短《みじか》く言《い》うと、振《ふ》り向《む》かずにひらひらと手を振《ふ》って立《た》ち去《さ》っていった。

背筋《せすじ》の伸《の》びた、その背中《せなか》を見ながら、ミチルは学校の美術《びじゅつ》の時間《じかん》にみんなが「夏《なつ》の人」を描《か》いたわけが分《わ》かったような気がした。

「夏《なつ》の人」は夏流《かなし》の人々、または緑色感冒《りょくしょくかんぼう》と闘《たたか》う人々にとっての希望《きぼう》なのだ。大流行《だいりゅうこう》のさなか、重症化《じゅうしょうか》からただ一人生《ひとりい》き残《のこ》り、免疫《めんえき》を持《も》った「夏《なつ》の人」。

「さよなら。」

ミチルは小さく呟《つぶや》いていた。

「何《なに》か言《い》った？」

蘇芳《すおう》が振《ふ》り返《かえ》る。

「ううん、なんでもない。」

ミチルは首《くび》を振《ふ》る。そして、胸《むね》の中でもう一度《いちど》呟《つぶや》いていた。

さよなら、夏《なつ》の人。

さよなら、あたしたちの夏流城《かなしろ》。

さよなら、あたしたちの悲《かな》しい夏《なつ》——

終章

花ざかりの城《しろ》

荷物《にもつ》をまとめて門《もん》に向《む》かって歩《ある》いている時《とき》、ミチルは水路《すいろ》を流《なが》れていく二つの白い花を見た。

「あ、花が。」

ミチルが呟《つぶや》くと、憲子《のりこ》がちらっとこちらを見た。

「ノートにつけなきゃ。」

「もう帰《かえ》るんだからいいよ。」

憲子《のりこ》の口調《くちょう》はそっけない。

最後《さいご》まで、憲子《のりこ》は水路《すいろ》を見ようとはしなかった。

ゆらゆらと白い花は水路《すいろ》をたゆたっていたが、やがてするっと流《なが》れて見えなくなった。

「——あの花、なんで流《なが》してると思《おも》う?」

少《すこ》しして、憲子《のりこ》がひとりごとのように尋《たず》ねた。

門《もん》のところにみんなが集《あつ》まっていた。麦藁帽子《むぎわらぼうし》に、ボストンバッグ。初《はじ》めてここにやってきた日のことを思《おも》い出《だ》す。

「どうしてなの? 誰《だれ》が流《なが》してるの?」

ミチルは勢《いきお》いこんで聞《き》き返《かえ》す。

「誰《だれ》が流《なが》してるのかはあたしも知《し》らない。」

憲子《のりこ》の口調《くちょう》はミチルをはぐらかすかのようで、やはりそっけない。

「だけど、あの花の意味《いみ》は知《し》ってる。」

「花の意味《いみ》?」

「あれはね、国内《こくない》で、緑色感冒《りょくしょくかんぼう》にかかって亡《な》くなった人を意味《いみ》してるの。白が男で、赤が女。緑色感冒《りょくしょくかんぼう》で亡《な》くなったことが確認《かくにん》されたら、花を流《なが》してるの。」

「えっ。」

ミチルは心臓《しんぞう》をつかまれたような気がした。

「いつ誰《だれ》が始《はじ》めたのかも知《し》らない。きっと、『シェルター』の職員《しょくいん》かもね。」

メメント・モリ。死《し》を想《おも》え。

あの時《あの》の憲子《のりこ》の言葉《ことば》が蘇《よみがえ》った。

ヨーロッパの中世《ちゅうせい》、ペスト大流行《だいりゅうこう》のさなかに骸骨《がいこつ》を描《か》き込《こ》む絵《え》が流行《はや》った。

死《し》を想《おも》え。

「シェルター」の中、緑色感冒《りょくしょくかんぼう》で死《し》にゆく親《おや》を思《おも》いながら、水路《すいろ》に流《なが》れる花で、緑色感冒《りょくしょくかんぼう》で死《し》んだ人の数《かず》を数《かぞ》える。

ミチルはショックだった。あの花にそんな意味《いみ》があったなんて。それを、あたしたちに数《かぞ》えさせるなんて。

「だから憲子《のりこ》ちゃんは悪趣味《あくしゅみ》だって言《い》ったんだね。ほんとだね、花はきれいでも、やってることはすごく残酷《ざんこく》だから。」

ミチルが暗《くら》い声《こえ》で呟《つぶや》くと、憲子《のりこ》は真顔《まがお》でミチルを見た。

「ううん、あたし、間違《まちが》ってた。ミチルのほうが正しいよ。」

「あたしが？」

憲子《のりこ》は小さく笑《わら》った。

「やっぱり花はきれいだよ。花それ自体《じたい》が、命《いのち》そのものなんだもの。きれいに咲《さ》いた花が、それぞれ一生懸命《いっしょうけんめい》生きて死《し》んでいった人を表《あらわ》してるのって、それでいいんだって思《おも》うようになった。」

「そうかなあ。」

「それでも、あたしは水路《すいろ》の花は数《かぞ》えないけどね。」

「やっぱり。」

二人《ふたり》で笑《わら》う。
加奈《かな》が手を振《ふ》っている。ミチルも振《ふ》り返《かえ》す。
蘇芳《すおう》と孝子《たかこ》が門《もん》を振《ふ》り向《む》いた。
「夏《なつ》の人」が門《もん》の鍵《かぎ》を外《そと》から順番《じゅんばん》に開《あ》けているのだろう。
五人で門《もん》の前《まえ》に並《なら》ぶ。
ぎいっ、という鈍《にぶ》い音がして、いちばん内側《うちがわ》の扉《とびら》がゆっくりと開《あ》いた。

誰《だれ》もいなくなった城《しろ》の中、ちょろちょろと流《なが》れる水路《すいろ》を、音もなく花が流《なが》れてゆく。
水路《すいろ》の上流《じょうりゅう》にある、鬱蒼《うっそう》とした萩《はぎ》の茂《しげ》みの奥《おく》の古《ふる》い土塀《どべい》。
土塀《どべい》の下の水路《すいろ》から、またひとつ、花が流《なが》れてきた。
同《おな》じ夏《なつ》、塀《へい》の向《む》こう側《がわ》で起《お》きていた出来事《できごと》は、また別《べつ》の新《あら》たな物語《ものがたり》となる。

わたしが子どもだったころ

人は誰《だれ》でも、心《こころ》の中に女の子の部分《ぶぶん》と男の子の部分《ぶぶん》を持《も》っています。

わたしの中の女の子の部分《ぶぶん》がお気に入りだった本は、『秘密《ひみつ》の花園《はなぞの》』や『若草《わかくさ》物語《ものがたり》』でした。『秘密《ひみつ》の花園《はなぞの》』の主人公《しゅじんこう》、ひねくれ者《もの》のメアリ、そして『若草物語《わかくさものがたり》』の四人姉妹《しまい》の次女《じじょ》、お転婆《てんば》なジョーに、ものすごく共感《きょうかん》したものです。

もうひとつ、女の子にとても人気のある『赤毛《あかげ》のアン』という本があります。わたしの当時《とうじ》の親友《しんゆう》は、『赤毛《あかげ》のアン』のほうが大のお気に入りでしたが、わたしはものすごくおしゃべりなアンが鬱陶《うっとう》しくて、今《いま》ひとつ好《す》きになれませんでした。

『若草物語《わかくさものがたり》』のジョーは、その後作家《ごさっか》になります。もしかすると、わたしがいちばんはじめに小説家《しょうせつか》になりたいと思《おも》った理由《りゆう》は、大好《だいす》きなジョーが作家《さっか》になったから、かもしれません。

実《じつ》は、『赤毛《あかげ》のアン』のアンも、将来作家《しょうらいさっか》になります。二人《ふたり》はいったいどんな本を書《か》いていたのでしょう？　作家《さっか》には、話《はな》すのが苦手《にがて》だから作家《さっか》になる人と、話好《はなしず》きだから作家《さっか》になる人がいて、まさにジョーとアンはそのお手本みたいな感《かん》じです。

わたしはもちろん、ジョーと同《おな》じタイプです。今《いま》、かつて『若草物語《わかくさものがたり》』を読《よ》んでいた自分《じぶん》に、ほら、ジョーと同《おな》じ職業《しょくぎょう》に就《つ》いたよ、と教《おし》えてあげたいなと思《おも》います。

恩田陸（おんだ・りく）一九六四年宮城県生まれ。蠍座。A型。第三回日本ファンタジーノベル大賞の最終候補作となった『六番目の小夜子』で九二年にデビュー。二〇〇五年『夜のピクニック』で第二六回吉川英治文学新人賞と第二回本屋大賞、二〇〇六年『ユージニア』で第五九回日本推理作家協会賞長編及び連作短編集賞を受賞。他の著書に『夢違』『夜の底は柔らかな幻（上・下）』『ブラック・ベルベット』『消滅―VANISHING POINT』『蜜蜂と遠雷』などがある。ミステリー、ホラー、SF、ファンタジーなどあらゆるジャンルで、魅力溢れる物語を紡ぎ続けている。

酒井駒子（さかい・こまこ）兵庫県生まれ。牡羊座。AB型。東京芸術大学美術学部油絵科卒。二〇〇四年『きつねのかみさま』（文：あまんきみこ）で第九回日本絵本賞、二〇〇五年『金曜日の砂糖ちゃん』でブラティスラヴァ世界絵本原画展金牌賞、二〇〇六年『ぼく おかあさんのこと…』でフランスにてPITCHOU賞、オランダにて銀の石筆賞、二〇〇九年『ゆきがやんだら』で銀の石筆賞、『くまとやまねこ』（文：湯本香樹実）で第四〇回講談社出版文化賞絵本賞を受賞。作品に『よるくま』『BとIとRとD』『はんなちゃんがめをさましたら』などがある。

初出
「エソラ」vol.08, vol.09　小説現代特別編集

MYSTERY LAND

検印廃止

M-029
N.D.C. 913 220p 19 cm ISBN978-4-06-220344-9

七月《しちがつ》に流《なが》れる花《はな》

二〇一六年 十二月 十九日 第一刷発行

著者――恩田《おんだ》 陸《りく》

発行者――鈴木哲
発行所――株式会社講談社
東京都文京区音羽二―一二―二一 〒一一二―八〇〇一
電話 出版 〇三―五三九五―三五〇六
販売 〇三―五三九五―三六二二
業務 〇三―五三九五―三六一五
印刷所――株式会社精興社
製本所――大口製本印刷株式会社
装画・挿絵――酒井駒子
装丁――祖父江慎＋藤井瑶（cozfish）
シリーズ造本設計――阿部聡
シリーズ企画――宇山日出臣

かつて子どもだったあなたと少年少女のための

ミステリーランド

MYSTERY LAND

豪華執筆陣

★我孫子武丸 Abiko Takemaru　眠り姫とバンパイア
★綾辻行人 Ayatsuji Yukito　びっくり館の殺人
★有栖川有栖 Arisugawa Alice　虹果て村の秘密
★井上雅彦 Inoue Masahiko　夜の欧羅巴
★歌野晶午 Utano Shogo　魔王城殺人事件
★内田康夫 Uchida Yasuo　ぼくが探偵だった夏
★太田忠司 Ota Tadashi　黄金蝶ひとり
★乙一 Otsuichi　銃とチョコレート
★小野不由美 Ono Fuyumi　くらのかみ
☆恩田陸 Onda Riku　七月に流れる花　八月は冷たい城
★上遠野浩平 Kadono Kouhei　酸素は鏡に映らない
★加納朋子 Kanou Tomoko　ぐるぐる猿と歌う鳥
★菊地秀行 Kikuchi Hideyuki　トレジャー・キャッスル
★北村薫 Kitamura Kaoru　野球の国のアリス
★倉知淳 Kurachi Jun　ほうかご探偵隊
★篠田真由美 Shinoda Mayumi　魔女の死んだ家

★島田荘司 Shimada Soji 透明人間の納屋
★殊能将之 Shuno Masayuki 子どもの王様
★高田崇史 Takada Takafumi 鬼神伝 鬼の巻 神の巻
★竹本健治 Takemoto Kenji 闇のなかの赤い馬
★田中芳樹 Tanaka Yoshiki ラインの虜囚
★二階堂黎人 Nikaido Reito カーの復讐

★西澤保彦 Nishizawa Yasuhiko いつか、ふたりは二匹
★法月綸太郎 Norizuki Rintaro 怪盗グリフィン、絶体絶命
★はやみねかおる Hayamine Kaoru ぼくと未来屋の夏
★麻耶雄嵩 Maya Yutaka 神様ゲーム
★森博嗣 Mori Hiroshi 探偵伯爵と僕
★山口雅也 Yamaguchi Masaya ステーションの奥の奥

☆印＝新刊・★印＝既刊・五十音順

第18回配本

七月に流れる花 The Flowing Flowers in July
八月は冷たい城 The Lonely Castle in August

稀代のストーリーテラー、恩田陸が描く、奇妙な城をめぐる少年少女のひと夏の物語

本の「復権《ルネッサンス》」を願い、刊行開始から13年——
シリーズ全30巻

ついに完結!!

講談社

恩田陸　講談社の本

三月は深き紅の淵を
麦の海に沈む果実
黒と茶の幻想
黄昏の百合の骨
酩酊混乱紀行『恐怖の報酬』日記　イギリス・アイルランド
きのうの世界